Ida Werner
Schwarzer Sonnenschein

Ida Werner

Schwarzer Sonnenschein

Erlebnisse und Episoden
mit meinem
vierbeinigen Freund

Gewidmet meinen Kindern
und Enkeln. Sie alle
lieben den Dackel Donald –
meinen Sonnenschein.

Denia 1995   *Ida Werner*

© Copyright 1995 bei der Verfasserin
Satz und Lithos: Druckerei Wetzikon AG, 8620 Wetzikon
Druck: Vontobel Druck AG, 8620 Wetzikon
Einband: Buchbinderei Burkhardt AG, 8617 Mönchaltorf

ISBN 3-85981-181-9

Inhalt

Schwarzer Sonnenschein	7
Die grosse Reise	8
Das neue Heim	10
Das Hasenfell	12
Der erste Frühling	14
Sommererlebnisse	21
Der Herbst	32
Winter	38
Schwere Zeiten und gute Freunde	44
Wir zwei allein	46
Die Reise in die Schweiz	49
Ein heisser Sommer	56
Liebeskummer	62
Herbstfreuden	65
Der verlorene Hund	69
Spaziergänge, Spaziergänge	72
Sorgen um Zita	77
Ein turbulenter Tag	80
Der freche Zigeunerhund	83
Tiersegnung	86

Schwarzer Sonnenschein

Schwarzer Sonnenschein ist kein Indianerhäuptling, sondern ein kleiner schwarzer Dackel.

Eigentlich ist er nicht ganz schwarz. Über seine listigen Äuglein biegen sich zwei goldbraune Haarbüschel, auch das Schnäuzchen und das Bärtchen sind hell. Auf der Brust trägt er eine Goldmedaille, und vier goldene Stiefelchen hat er an. Sonst ist er schwarz wie die Nacht.

«Donald», dunkel-saufarbener Rauhhaardackel steht in seinen Papieren.

Seine Ahnen väterlicherseits stammen aus der Tschechei, die der Mutter aus Deutschland. Geboren hat ihn die Hündin eines Schweizer Jägers, und jetzt lebt er in Spanien. Er soll uns Rentnern hier Gesellschaft leisten, und das macht er mit Bravour. Wir haben immer Hunde gehabt. Der Tod des letzten fiel mit dem Umzug aus der Schweiz nach Spanien zusammen.

Weil unser Haus in einer Urbanisation steht, mit Garten, Liegewiese und Schwimmbad, wollten wir keinen Hund mehr. Als der Umzug, das Einrichten des neuen Hauses vorbei waren und all das Neue alltäglich, kam doch die Sehnsucht nach einem Vierbeiner. Immer öfter kreisten unsere Gedanken und Wünsche um das Thema; hätten wir nur wieder einen Hund. Nicht irgendeiner durfte es sein, nur ein Rauhhaardackel kam in Frage. Wer einmal ein Exemplar dieser Sorte hatte, kommt so schnell von dieser Rasse nicht mehr weg.

Im Januar musste ich in die Schweiz fahren. Diesen Anlass benutzte ich, um nach einem Wunschhund Ausschau zu halten. Leider war diese Jahreszeit ungünstig. Die einen waren schon verkauft, die andern noch nicht geboren.

Am Tag vor meiner Rückreise bekam ich noch einen Tip. In der Jägerstube tummelten sich fünf Dackel. Grossmutter, Mutter und drei putzige Welpen. Zwei braune und ein schwarzer. Mein Herz hüpfte vor Freude, den schwarzen wollte ich, der hatte es mir angetan. Eigentlich wollte ich ein Weibchen, er wäre der erste Rüde, aber es war Liebe auf den ersten Blick. Ich tauschte Geld gegen Stammbaumurkunde und drückte meinen neuen Schatz glücklich in die Arme.

Es folgte eine Vorstellung bei meinen Kindern und Enkeln, die alle hell begeistert waren. Die Enkel brachten ihm Spielsachen und tollten mit ihm auf dem Boden herum.

Ich hatte noch viel zu erledigen. Beim Busunternehmen eine Boxe bestellen, eine Hundeleine und einen Futternapf kaufen und beim Tierarzt Medikamente holen.

Endlich war es soweit, und der Abreise stand nichts mehr im Wege.

Die grosse Reise

Wir stehen an der Haltestelle, wo der Reisebus nach Spanien anhält. Kinder und Enkel sind mitgekommen, um uns zu verabschieden. Alle wollten das kleine Hündchen noch einmal drücken. Schon kommt der blaue Doppelstöcker mit Anhänger angefahren. Nach dem Koffereinladen muss auch Donald in seine Boxe. Ich lege die Decke, auf der er letzte Nacht geschlafen hat, ein standfestes Schälchen mit Wasser, ein kleines Plüschbärchen und dann mit wehem Herzen den kleinen Dackel hinein. Ein letztes Winken, dann schliesst der Chauffeur die Türe und drängt zum Weiterfahren. Gerne hätte ich das Tierchen bei mir gehabt, aber laut Vorschrift dürfen keine Tiere in den Bus hinein. Ganz allein und so im Dunkel kauert es verschüchtert in einer Ecke. Deprimiert sinnt es vor sich hin. Gestern noch bei seiner Sippe, dann die Bewunderung der Grossen und der Spass mit den Kleinen, und nun sperrt man ihn ganz allein in diese Boxe. Die Finsternis und der fremde Geruch ängstigen ihn. Ein Ruck, ein Brummen, und der Bus fährt ab. Das gleichmässige Summ-Summ der Räder macht ihn schläfrig, und schliesslich nickt er ein.

Plötzlich wacht er auf.

Der Bus steht still, und von draussen sind Stimmen zu hören. Die Türe öffnet sich, und die Strahlen der untergehenden Sonne blenden den kleinen Passagier.

Wieder werden Koffer eingeladen, und nun wird versucht, einen Schäferhund in die andere Boxe zu verladen.

Vehement wehrt er sich, aber alles Sträuben nützt ihm nichts. Endlich ist auch er verstaut, die Türen werden wieder geschlossen, und die Reise geht weiter.

Im Dunkeln kann Donald hören, wie sein Reisegenosse nervös an den Gitterstäben der Boxe kratzt und jämmerlich jault. Nach und nach wird er ruhiger und nimmt Witterung von seinem Artgenossen auf.

Beim nächsten Halt ist es schon dunkel. Wir sind an der französischen Grenze.

Der Aufenthalt daure eine halbe Stunde, erklärt der Fahrer. Die meisten Passagiere steuern dem nahen Restaurant zu. Wir beide Hundehalterinnen gehen mit unseren Schützlingen spazieren, verabreichen ihnen eine kleine Mahlzeit und wünschen eine gute Nacht.

Die Nachtreise durch Frankreich verbringen Reisende und Hunde meist schlafend.

Beim Morgengrauen sind wir schon in Spanien und können einen herrlichen Sonnenaufgang beobachten.

Um acht Uhr wird uns im Bus während des Fahrens das Frühstück serviert. Eine Stunde später gibt's wieder 30 Minuten Reisepause. Sonnenschein wärmt unsere steifen Glieder. Auch Donald geniesst das Spazieren im Freien. Er schnüffelt überall herum, aber alles, was riecht, ekelt ihn an. Auf dem ganzen Parkplatz, sogar auf dem angrenzenden Wiesenstreifen, stinkt's nach Benzin. Immer wieder muss er niesen. Unzählige Busse, Lastwagen und Personenwagen tanken hier Kraftstoff für die Weiterreise. Ich packe ihn wieder in sein Gefängnis und tröste ihn. «Bald hat das ein Ende, beim nächsten Halt sind wir am Ziel.» Gegen Mittag erreichen wir Denia. Mein Mann erwartet mich schon, froh, dass die Zeit des Alleinseins vorbei ist. Er nimmt die Koffer und will zum Auto gehen. «Wart einen Moment, ich hab' noch nicht alles!» Mit Stolz und Freude drücke ich ihm den kleinen Hund in die Arme. «Da, ein verspätetes Geburtstagsgeschenk.»

Voll Rührung streichelt er ihn, und eine Freudenträne kugelt über seine Wange. Wir steigen ins Auto ein, und Donald darf nun von meinem Schoss aus seine neue Heimat betrachten.

Das neue Heim

Zu Hause angekommen, inspiziert er zuerst das ganze Haus; nun führe ich ihn hinaus auf den Rasen.

Zum erstenmal geht er auf Gras.

Er erinnert sich an seine Zwingerzeit, wie er sich mit den Seinen draussen im Schnee herumtummelte, danach eiskalte Füsschen hatte und schrecklich am Bäuchlein fror.

Eine feine Sache ist das hier.

Während wir auf der Terrasse Kaffee trinken, legt er sich ausgestreckt nieder und lässt sich wohlig von der Sonne bescheinen. Später dislozieren wir ins Haus. Mein Mann und ich setzen uns aufs Sofa, und ich erzähle Neuigkeiten aus der Schweiz.

Plötzlich hüpft unser neuer Hausgenosse zu uns herauf und plaziert sich ungeniert dazwischen. Er schaut eifrig von einem zum andern, und sein kleines Schwänzchen klopft freudig auf das Polster. «Na, bist zu zufrieden mit deinem neuen Heim und seinen Leuten?» Als Antwort schleckt er uns die Hände.

Nach dem Nachtessen lege ich seine Decke auf das Sofa, und er darf bei uns liegen, während wir ein Fernsehspiel anschauen. Nun wird es Zeit zum Schlafen. Wir gehen ins andere Zimmer, ruhig schlafend bleibt Donald liegen. Kurz vor dem Einschlafen hören wir plötzlich ein herzzerreissendes Jammern.

Es war abgemacht, dass ein Hund nicht ins Bett der Menschen darf. Wir verhalten uns ganz ruhig, in der Meinung, dass der Kleine bald wieder still sein werde.

Das Heulen und Jammern wird aber immer eindringlicher und mein Mitleid um so grösser.

Ohne Zögern ergreife ich Kopfkissen und Decke und gehe ins Wohnzimmer hinaus. Dort lege ich mich aufs Sofa und bette das heulende Elend zu mir. Zitternd drückt es sich ganz an mich, wird ruhig und schläft zufrieden ein.

Das ist das erste Mal, dass er seinen Kopf durchgesetzt hat. Am anderen Morgen mache ich mit ihm einen Spaziergang in der näheren Umgebung, und mein Mitschläfer verrichtet brav seine Geschäfte.

Zurück beim Morgenkaffee, brummt der Hausherr: «Das kann ja lustig werden, wenn nun immer eines von uns im Wohnzimmer schlafen muss.»

Donald regelt das aber auf seine Weise.

Er hat das ganze Haus genau erkundigt und sich für die kommende Nacht sein Nachtlager ausgesucht.

Im Fuss des Schlafzimmerschrankes habe ich eine mittelgrosse Kartonschachtel, in der kurze Hosen und Badekleider den Winterschlaf halten. Die Schiebetüre muss offen gewesen sein, und Donald, neugierig wie er ist, muss da hineingeschaut haben.

Als es wieder Zeit zum Schlafen wird, ist weit und breit nichts von unserem Dackeljungen zu sehen.

Ratlos sitze ich auf dem Bettrand, als plötzlich ein Hundeköpfchen aus dem Schrank schaut.

Es ist so ein lustiges Bild, und wir lachen beide herzlich. Ich räume nun die Kleider aus und lege seine Decke hinein. Zufrieden rollt sich der Schlingel darin zusammen, seufzt tief und beginnt zu schlafen.

Das Hasenfell

Gestern hat uns unser spanischer Freund Pepe einen Feldhasen von der Jagd mitgebracht. Spielend liess er diesen einige Male um Donalds Nase baumeln.

Dann hat er ihm das Fell abgezogen und es dem Lungerhannes hingeworfen. Zuerst beschnupperte er dieses eingehend, dann packte er den Pelz, drehte einige Runden, warf ihn in die Luft, fing ihn geschickt ab, und das Herumgerenne ging wieder los.

Als er müde wurde, verdrückte er sich mit seinem wertvollen Schatz in seine Koje und träumte von zukünftigen Hasenjagden. Weil ich das grausige Zeug nicht in unserem Schlafzimmer haben wollte, liess ich es nachts heimlich verschwinden.

Heute beim Erwachen schaute er ratlos in die Welt. Er versuchte sich zu erinnern.

Er hatte doch gestern etwas Schönes besessen?

Ach ja, ein Fell, das nach frischen Hasen roch.

Nun beginnt ein grosses Suchen. An einigen Stellen wittert er noch den Geruch.

Wo zum Kuckuck ist das interessante Stück?

Er sucht in allen Ecken, unter dem Bett, hinter dem Sofa, in der Küche, auf der Terrasse und dann wieder im Haus.

Ein richtiges Jagdfieber hat ihn erfasst. So kraxelt er mutig und furchtlos die steile, leiterartige Treppe zur Galerie hinauf und sucht auch da oben eifrig weiter.

Aus der Küche kommend, höre ich von oben das Herumtapsen. Erschreckt male ich mir aus, wie leicht er hätte ausrutschen und hinunterfallen können. Er aber, ahnungslos von meinen Ängsten, steckt sein neugieriges Näschen überallhin.

Überrascht schaut er mich an, als ich atemlos oben ankomme. Sein Hasenfell hat er nicht gefunden, dafür meine Strickarbeit. Eigentlich auch ganz interessant.

Er hat zuerst die Nadeln herausgerissen, dann den Wollknäuel um die Beine des Schreibtischs und des Stuhls herumgewickelt. Ganz verhutzelt sieht das Ganze aus, die Maschen hinuntergefallen und ein Durcheinander.

Ich schimpfe ein bisschen mit dem Übeltäter, trage ihn sorgfältig hinab und verbarrikadiere den Treppenaufgang. Das ist aber kein Hindernis für den kleinen Racker. Kurze Zeit später höre ich ein klägliches Winseln. O weh, da hängt das kleine Würstchen an der obersten Treppenstufe, das Hinterteil in der Luft baumelnd, sich nur noch mit den vorderen Pfötchen haltend.

Schnell eile ich hinzu und kann ihn im letzten Augenblick vor dem Fallen fassen. Nun hat er doch Respekt und wird sogleich nicht wieder hinaufgehen.

Beim Erwerb von Donald machte mich die Frau des Jägers darauf aufmerksam, dass er sehr sensibel sei.

Ich konnte mir das bei einem Dackel nicht vorstellen, aber es stimmt. Muss man mal mit ihm schimpfen, so versteckt er sich im hintersten Winkel der Küche. Wie ein Häufchen Elend sitzt er dort. Ich kann dann nicht widerstehen und hole ihn tröstend und liebkosend aus seinem Schmollwinkel hervor.

Er hat natürlich längst heraus, dass er mich leicht um den Finger wickeln kann. Wenn er mich so unschuldig und treuherzig, wie es nur Dackel können, anschaut, kann ich nicht streng sein. In der ersten Zeit war er noch nicht stubenrein, da habe ich heimlich so manches Seelein oder Würstchen weggeputzt. Aber jetzt hat er das im Griff. Seit er sogar das Beinchen ohne umzukippen heben kann, praktiziert er das auf dem Spaziergang unzählige Male.

Der erste Frühling

Immer wärmer wird es, und die Tage sind länger geworden. Obschon hier das ganze Jahr Blumen blühen, kommen jetzt neue dazu. Ich schätze in unserer neuen Heimat besonders, dass die Geranien im Winter draussen bleiben können. Gegenwärtig stehen sie in voller Blüte. Man trifft oft Stöcke, wie ein Busch so gross, und das nicht nur in Gärten.

Auch die Orangenbäume haben jetzt ihre Zeit. Ihre Blüten verströmen einen betörenden Duft. Sie sehen aus wie weisse Wachsblumen mit einem hellgelben Mittelpunkt. An den Bäumen der späten Sorten hängen noch Früchte, und zu gleicher Zeit blühen sie. Die Zeit der Mandelblüte ist schon vorbei. Es sieht zauberhaft aus, wie ein rosa Schleier, der über die halbhohen Bäume hängt. Der Boden ist von einem frühlingsgrünen Grasteppich bedeckt. Darin sind rote Mohn-, gelbe Klee- und weisse Sternenblümchen eingewebt.

Donald ist nun sechs Monate alt und kann schon grössere Spaziergänge machen. Diese unterscheiden sich je nach dem Führer. Wenn er mit seinem Meister nach Denia darf, schreiten beide «Männer» zackig aus. Stolz hebt der Vierbeiner sein Köpfchen und strengt sich an, Schritt zu halten.

Im Zeitungsladen und auf der Bank wird er bewundert, alle reden freundlich mit ihm und machen ihm Komplimente. Er quittiert das mit eifrigem Schwanzwedeln.

Im «Coto», unserer Stammbeiz, trifft man sich zum Aperitif. Der Wirt kann den kleinen Dackel gut leiden und freut sich über den Besuch. Auch ein 80jähriger ehemaliger Capitano aus Francos Zeit und einige andere Spanier haben Freude an dem lustigen Kerlchen und spielen mit ihm.

Oft trifft er Zita und Cora, die Hunde anderer Schweizer, an. Es gibt dann eine stürmische Begrüssung, ein herrliches Gerammel und eine kaum auflösbare Verwicklung der Leinen.

Die Spaziergänge mit mir sind ganz anders. Wir gehen den Orangenbäumen entlang, beim Pool vorbei zu einem Platz, wo

etwa zehn Pinien stehen. Gelassen warte ich, bis er alles beschnuppert hat. Längst kennt er jeden Stein, Strauch und die verschiedenen Bäume, und es dauert oft lange, bis er alles kontrolliert hat. Jeden Tag hat's neue Gerüche, die streunende Hunde hinterlassen haben. Dann betreten wir die Strasse und schlendern an den Blumengärten der Häuser vorbei. Nun bleibe ich stehen, um diese zu bewundern, was mein eigenwilliger Begleiter nicht begreift. Ungeduldig zerrt er an der Leine und steuert dem nahen Bauplatz zu. Hier untersucht er peinlich genau Bausteine, Sandhaufen, Zementsäcke und was sonst so alles herumliegt. Die Sandhaufen, wohl auch ein bevorzugter Ort anderer Hunde, beriecht er von hinten und vorne, von oben und unten. Zum Schluss erklettert er einen, hebt das Bein und scharrt dann kräftig mit den Hinterbeinen, dass der Sand in alle Richtungen stiebt. Ich muss gut achtgeben, dass meine Schuhe nicht voll werden.

Nun geht's zum brachliegenden Land. Es soll wohl Bauplätze geben. Gräser, Unkraut und Sträucher wachsen da wild durcheinander. Normalerweise würde ich da ohne Hinschauen vorbeigehen, durch meinen Hund bin ich gezwungen, länger zu verweilen. Ich sehe somit Dinge, die sonst unbeobachtet geblieben wären. Eine Ameisenstrasse kreuzt unseren Weg. Zielstrebig und emsig laufen diese fleissigen Tierchen in beide Richtungen. Oft schwer beladen. Wir schauen eine Weile zu.

Es ist auch neu für mich, wie schön eigentlich Unkraut blüht. Ich betrachte das näher und freue mich an den intensiven Farben. Auch Steine sind nicht gleich Steine. Auch sie haben interessante Farben und bizarre Formen.

Donald erriecht allerlei verschiedene Gerüche und ist kaum wegzukriegen.

Auf dem Heimweg begegnet uns Bernhards Kätzchen. Ein kleines, graziös verspieltes Tierchen. Anmutig kommt es herangetrippelt, miaut leise und zärtlich. Nun gibt's Küsschen auf beiden Seiten. Wenn die Katze die Laune hat, spielt sie mit meinem Hund. Sie legt sich auf den Rücken, angelt nach Donalds Kopf und zieht ihn zu sich herunter. Mit den Füssen strampelt sie an seinem Bauch, und plötzlich spurtet sie ohne Grund davon.

Es gibt aber Tage, da liegt sie teilnahmslos an der Sonne, tut, als ob es uns nicht gäbe, oder stolziert schnippisch an uns vorbei. Donald schaut dann fragend zu mir auf. Er kennt sich eben noch zuwenig mit Katzen aus.

Nun kommen wir an meinem Lieblingsbaum vorbei. Ein hoher, alter, knorriger Bursche. Wenn schon alles blüht und grünt, steht er kahl und dürr da. Aber plötzlich an einem Morgen, Ende Mai, umgibt ihn eine blaue Wolke. Unzählige blaue Blumen strecken ihre Kelche der Sonne entgegen. Sie sehen aus wie Enziane. Hinaufschauend unterscheiden sie sich kaum von des Himmels Bläue. Welch ein Wunder hat dieser schon totgeglaubte Baum vollbracht. Lange stehe ich da und bestaune die Pracht.

Sind die Blüten verwelkt und runtergefallen, ist der Boden mit blauen Glöcklein bedeckt. Erst jetzt bekommt der Baum Blätter, es sind gefiederte, dunkelgrüne, ins Braun schimmernde. Er gehört in die Familie der Akazien.

Donald, der nicht begreifen kann, warum ich diesen Baum so lange anschaue, findet nichts Interessantes daran, drängt zum Weitergehen.

Zurück im Haus, ist es Zeit für den Brunch.

Der Tisch auf der Terrasse ist schon gedeckt, ein Teller mit Spiegeleiern steht bereits dort. Arnold, mein Mann, und ich sind noch in der Küche, nur Donald ist allein draussen und lungert um den Esstisch herum. Als wir hinauskommen, sitzt der kleine Klettermaxe auf meinem Stuhl. Das Hinterteil auf dem Kissen, die beiden Vorderpfötchen manierlich rechts und links vom Teller, und schlabbert genüsslich die Eier. Die Äuglein hat er halb geschlossen, und das Eigelb tröpfelt ihm beidseitig vom Schnäuzchen hinunter. Bei diesem lustigen Anblick können wir nicht anders als herzlich lachen.

Später hat Arnold eine stille Sitzung auf dem WC. Donald sitzt mit ernster Miene zu seinen Füssen. Nun beobachtet er das Abwickeln der Klosettrolle. Beim nächstgünstigen Moment geht er allein dorthin; er ist neugierig, ob er das auch kann. Er packt den herabhängenden Coupon und beginnt zu ziehen. Ja, es funktioniert!

Nun zieht und zieht er weiter, rennt damit ins Wohnzimmer und dort um Tisch und Stühle herum. Als alles abgerollt ist, hat er einen herrlichen Haufen dieser weissen Materie.

Nun beginnt er darin herumzuwühlen.

Ist das eine Wonne!

Als ich dazukomme, lugt nur noch ein kleines schwarzes Köpfchen hervor, das mich verzückt anschaut.

Während ich grollend die Bescherung aufräume, legt er sich gewissenlos an die Sonne und schwelgt in schöner Erinnerung.

Im Winter und bis die Badesaison losgeht, dürfen Hunde am Meeresstrand herumspringen. Das nützen wir natürlich aus. Donald merkt genau an der Fahrtlänge, dass es ans Meer geht. Er fängt sogleich ein Freudengeheul an und kann es kaum erwarten, dort zu sein.

Ein Sprung aus dem Auto, und schon spurtet er los. Mit fliegenden Ohren, die kurzen Beinchen kaum am Boden, jagt er davon, eine Wolke aufwirbelnden Sand hinter sich lassend. Wir freuen uns mit ihm und gönnen ihm das Vergnügen.

Als wir das erste Mal am Meer waren, kam dieses unserem kleinen Schweizer Jagdhund unheimlich vor. Er stand am Ufer und schaute verwundert auf das viele Wasser hinaus. Allmählich traute er sich näher und wollte einer kleinen, sich entfernenden Welle nachjagen. Aber o Schreck, eine grössere, für ihn ein Ungeheuer, kam auf ihn zu. Erschrocken floh er landwärts, und erst als er wieder trockenen Boden unter sich hatte, drehte er sich um.

Aus sicherer Entfernung schaut er nun dem Spiel von Ebbe und Flut zu. Mittlerweile ist es ihm vertraut, und er wagt sich sogar in das kühle Nass hinaus.

Zum grossen Hundeglück tummeln sich noch andere Artgenossen auf der grossen Sandfläche. Grosse und kleine, grimmige und verspielte.

Fippi, ein Langhaardackelmädchen, hat es unserem Jungen angetan. Zu gerne möchte er mit diesem spielen, aber leider hat es einen Beschützer. Hugo heisst er, sieht wie ein Appenzeller aus, aber ist dick und hat vier kurze krumme Beine. Furchterregend und breitspurig steht er da, knurrt und beisst nach allen, die seiner Freundin zu nahe kommen.

Vor den grossen Hunden hat unser kleiner Wicht Respekt. Wenn diese angaloppiert kommen, auf das kleine Hündchen hinabschauen, zittert sein Herzchen vor Angst. Meistens sind sie aber friedlich, und dann spielen und rennen David und Goliath voll Lebenslust im Sand herum.

Zuweilen gräbt Donald eine Höhle.

Hei, wie da der Sand nach allen Seiten fliegt. Eifrig steckt er seine Nase hinein und schnuppert. Weil es aber weder nach Mäusen noch Füchsen riecht, bricht er das Unternehmen bald ab und sieht sich nach was Interessanterem um.

Wir machen noch einen Besuch im nahen Restaurant. Dort erhält der kleine Racker eine Schüssel mit Wasser. Hechelnd und müde liegt er nun zu unseren Füssen.

Wieder zu Hause, verdankt er uns den Ausflug mit Liebkosungen. Er sitzt zwischen uns und verteilt seine Gunst abwechselnd an beide und schaut uns selig an.

Nach einer Weile packt ihn der Übermut. Er springt vom Sofa, rennt ins Schlafzimmer, dort unter den Betten (manchmal sogar über die Betten) durch ins andere Zimmer, in die Küche und wieder aufs Sofa.

Nach einigen Runden spielt er mit den Sofakissen «Fuchs-Suchen». Er unterwühlt Decke und Kissen, versteckt sich darin und wartet, dass wir ihn ausgraben und fröhlich rufen:

«Da ist ja der schlaue Fuchs!»

Der übermütige Spielratz kennt noch andere Spiele. Gerne macht er «Fangis». Sitzen wir auf der Terrasse, schaut er erwartungsvoll und mit kurzem Bellen zur Türe hinaus. Ich sage dann: «Jetzt fang ich dich!»

Wie ein Wirbelwind saust er ins Haus hinein. Nach einem kurzen Moment steht er schon wieder an der Türe und wartet, dass ich ihn fangen komme.

Leider kann man hier das Mineralwasser nur in Plastikflaschen kaufen. Ist eine leer, gehört sie Donald. Darüber freut er sich unbändig. Zuerst wird die Flasche tüchtig herumgeworfen, dann packt er sie und schlägt sie an die Mauer. Dieser ohrenbetäubende Lärm lässt uns kaum das eigene Wort verstehen. Nun verbeisst er sie rechtschaffen. Erst wenn die Flasche nur noch ein total verbissenes Etwas ist, lässt er von ihr ab.

Während der ganzen Arbeit knurrt und brummt er wie ein Bär. In seinem Spielzeugkörbchen hat er verschiedene Gummitierchen, einen Plüschhasen, eine Katze und Tennisbälle. Eine Weile unterhält er sich allein mit ihnen, aber dann fordert er uns auf mitzumachen. Immer wieder müssen wir den Ball fortwerfen.

Behend rennt er ihm nach und bringt ihn zurück. Endlos kann das gehen. Die Gummitierchen bringt er, mit den Zähnen festhaltend, und wir sollen sie ihm wegnehmen und behaupten:

«Mein, mein!»

Er lässt sie aber nicht los. Mit seinen starken Zähnen hält er seine Beute fest, knurrt und macht ganz wilde und feurige Augen. Natürlich bleibt er Sieger, und darüber freut er sich. Mit so einem Gesellschafter wird es uns nie langweilig.

Sommererlebnisse

Unser Dackel ist ein Sonnenanbeter. Oft und lange liegt er draussen und lässt sich bescheinen. Ich prophezeite ihm, dass er diese Sonnenbäder bald satt haben würde. Nun ist es soweit. Jeden Tag brennt die Sonne heisser. Nach dem Morgenspaziergang lassen wir uns auf dem schattigen Sitzplatz nieder. Wir lesen die Zeitungen oder schreiben. Das langweilt den kleinen Flausenmacher bald. Er hüpft auf den Stuhl und rupft an der Zeitung. Zuerst nur ein bisschen, und dann ratsch, reisst er eine Ecke ab. Das ärgert natürlich den Hausherrn.

«Runter, du Schlingel!» befiehlt er barsch. Das nützt eine Weile. Er setzt sich vor die Gittertüre und schaut gelangweilt hinaus. Wie er Lektüre und Schreibblöcke hasst. Wenn solche auf dem Tisch liegen, haben seine Menschen keine Zeit für ihn. Richtig vergessen wird er, das mag er nicht. Er wird diesem Zustand ein Ende machen.

Also springt er wieder auf den Stuhl, von da auf den Tisch und setzt sich frech auf den Schreibblock. Ich entsetze mich, er aber schaut mich so bittend an, bis ich ihn auf den Schoss nehme und streichle. Ich erzähle ihm ein Geschichtchen, und er hört mir aufmerksam zu. Am Schluss drückt er sein Köpfchen fest an mich und leckt schnell meine Hand.

Die Nachmittage verbringen alle im kühlen Haus und machen Siesta. Erst gegen Abend werden Menschen und Hund wieder aktiv. Nach dem Nachtessen geht's spazieren. Weil Donald nun schon grösser ist, darf er den Heimweg allein, das heisst ohne Leine, machen. Er weiss genau, nach dem Überqueren der gefährlichen Autostrasse, beim Eukalyptusbaum, wird die Leine ausgeklinkt. Wie eine Kanonenkugel schiesst er davon, aber bald kommt er zurück, um von neuem nach vorn zu stürmen. Auf diese Weise macht er den Weg mehrmals und kann sich austoben.

Vor dem Schlafengehen sitzen wir noch lange im Freien. Die lauen spanischen Nächte sind zu schade, um schlafen zu gehen. Ein angenehmer Wind säuselt in den Blättern der Bäume, ab und zu ruft ein Käuzchen, und von irgendwo ertönt Musik.

Eine romantische Stimmung, die vom hellen Mond und den glänzenden Sternen unterstützt wird.

Der fehlende Schlaf wird jeweils am Morgen nachgeholt, wo es noch kühl und still ist. Auch unser Zimmerherr, wie Arnold unseren Hund manchmal scherzend nennt, lässt sich am Morgen nicht gerne stören. Doch heute in der Morgendämmerung hören wir plötzlich vor unserem Hause rufen.

«Señora, la hija!»

Der Gärtner, der der Hitze wegen schon in unserer Anlage herumwerkelt, weiss von mir, dass heute unsere Tochter mit ihrer Familie in die Ferien kommt. Sie sind gestern abend von zu Hause abgefahren, gut vorangekommen und nun schon da. Weil ringsum noch alles am Schlafen ist, haben sie sich nicht getraut, uns zu wecken. Das hat nun der Gärtner gemacht. Donald wird sofort wach, ist verärgert, dass ihn jemand schon so früh weckt, bellt giftig los. Wir ziehen schnell etwas über und öffnen die Türe.

Es gibt eine freudige Begrüssung, und der wütende Kläffer weiss plötzlich nicht mehr, wie er sich verhalten soll. Die Neugier und die Sensationslust besiegen aber den Morgenmuffel. Er liebt Gäste, und die beiden Enkelkinder verheissen eine interessante Zeit.

Wir konnten das Haus links von uns für sie mieten. Ich zeige es ihnen, und nun werden Koffer und Taschen vom Auto ins Haus gebracht. Eifrig wetzt Donald hin und her. Während die

Neuankömmlinge ein erfrischendes Bad im Pool nehmen, richte ich das Frühstück. Eigentlich hätten wir uns viel zu erzählen, lange haben wir uns nicht gesehen. Das passt aber unserem Naseweis nicht, und er weiss sich bald in den Mittelpunkt zu stellen, so dass sich alles nur noch um ihn dreht. Plötzlich kann er «Männchen» machen, bettelt vom Frühstück, demonstriert sich weiter als Clown und sorgt für Unterhaltung.

Auf dem Morgenspaziergang will er den Kindern seine Lieblingsplätze vorführen. Wir verkürzen aber den Spaziergang, weil wir einkaufen müssen. Die Sonne scheint schon heiss, und wir glauben, dem Vierbeiner einen Gefallen zu tun, ihn zu Hause in der Kühle zu lassen. Das hat er aber falsch verstanden. Als wir mit Tüten und Taschen aus dem Auto steigen, umringt uns freudig bellend der arme versetzte Dackel. Erstaunt stehen wir da. Wieso springt er frei herum, wir hatten ihn doch im Haus eingeschlossen?

Drinnen entdecken wir bald, wie es dazu kam. Am Fenster sind zwei Blumentöpfe umgeworfen. Der freche Bengel muss vom Sofa auf den Fenstersims gesprungen sein, von da in den Garten gehechtet, und frei war er.

Wir haben vor den Fenstern schöne schwarze Gitter, wie sie in Spanien üblich sind. Sie sollen vor Einbrechern schützen, waren aber für den kleinen Ausbrecher kein Hindernis.

Er wollte unbedingt mitkommen, den Gästen das Städtchen zeigen, all die vielen Ecken und Laternenpfähle, die so aufregend riechen, und da hat man ihn daheim gelassen!

Wir wissen nun, dass wir beim nächsten Mal die Fenster schliessen müssen, wenn wir keine Überraschungen erleben wollen.

Am Nachmittag machen alle Siesta. Die weitgereisten Nachtfahrer geniessen das und haben es auch nötig.

Zum Nachtessen treffen sich alle auf unserer Terrasse. Donald zeigt den Kindern alle seine Spiele und ist begeistert von ihrer Gesellschaft. Als unser Nachtessen auf dem Tisch steht, schaut er kritisch auf sein Menü und schnuppert Richtung Esstisch. Kurzerhand dreht er seinen Teller um, erfasst ihn mit den Zähnen und watschelt zu uns her.

Bittend schaut er uns an. Als das nichts nützt, fängt er an, kläglich zu jammern. Natürlich erweckt er so Mitleid und bekommt von unserem Essen etwas ab.

Zufrieden und frisch gestärkt, erwacht in ihm der Schabernack. Plötzlich ist er verschwunden. Bald sehen wir ihn mit etwas Gelbem im Maul auf dem Rasen herumrennen.

«Meine neue Badehose!» klagt die Enkelin Cornelia. Wir rennen hinterher, um das gute Stück zu retten. Das gefällt dem Räuber. Flink entwischt er uns immer wieder. Es macht ihm diebischen Spass, uns immer gerade soweit an sich herankommen zu lassen und dann im letzten Augenblick auf seinen Haxen kehrtzumachen und uns geschickt zu entwischen.

Jetzt eine Runde um den Pool, dann ein linker Haken in die Orangenbäume. Wir sind schon ganz ausser Atem, als er endlich gefasst werden kann.

Während nun die Badesachen auf die Dachterrasse gehängt werden, klaut er einen Schuh, und die Jagerei geht von neuem los. Nun ist's genug, er kommt an die Leine. Gemeinsam machen wir den obligatorischen Abendspaziergang.

Brav geht er mit den Kindern, die ihn abwechselnd führen wollen. Auf der Terrasse von Daniels Restaurant nehmen wir den Schlummertrunk. Unser Hund ist hier bekannt. Von allen Seiten tönt es: «Hallo Donald.»

Artig sitzt er zu unseren Füssen und wedelt freundlich die Begrüssung zurück. Wer sich zu ihm hinabbückt und ihn streichelt, wird an den Händen oder gar am Gesicht geleckt.

Ist das ein süsses Hündchen, meinen sie. Triumphierend und mit schrägem Köpfchen schaut er zu uns auf.

Zwei Tage später gibt's wieder Besuch. Auch unser Sohn kommt mit den Seinen. Er wohnt in unserem Zweithaus, auf der rechten Seite. Nun hat's Donald streng.

Zwei Grosseltern, vier Eltern und vier Kinder muss er betreuen. Bald ist er links, bald rechts auf Besuch. Kontrolliert, ob alles in Ordnung ist, äugt nach Badehosen und Schuhen. Seine Schnuppernase sagt ihm auch immer, wo gerade gegessen wird. Mit grösster Selbstverständlichkeit lädt er sich dazu ein.

Jeden Montag ist in Denia «Zigeunermarkt». Man nennt ihn noch immer so, obwohl jetzt auch viele andere Händler da einen Stand haben. Es herrscht jeweils ein Gedränge und Drücken, man kann nicht gehen, man wird geschoben. Ein kleiner Hund wie unser Dackel kann da nicht hin. Dauernd würde ihm jemand auf die Füsschen treten. Also bleibt er besser daheim. Wir schliessen diesmal die Fenster und glauben ihn sicher verwahrt.

Traurig sitzt er da und studiert. Sensibel, wie er veranlagt ist, fängt er bald an zu heulen.

Er hat wohl gesehen, wie die Fenster geschlossen wurden. Alle sind sie weggegangen und haben ihn allein zu Hause gelassen. Ob es auch wirklich nirgends eine Möglichkeit zum Aussteigen gibt, fragt er sich.

Im Schlafzimmer, im hinteren Zimmer, im Bad und in der Küche kann er nirgends hinaufspringen, zudem sind diese Fenster mit Mückengittern versehen.

Wie er so ratlos dasitzt, fällt sein Blick auf die Treppe zur Galerie. Mit Todesverachtung klettert er diese hinauf. Da hat's noch ein Fenster, sogar ohne Gitter. Einladend steht der Gobelinsessel nah dabei. Ein Sprung darauf als erstes. Er sieht, dass der Fenstersims gar nicht so weit weg ist. Mit gut abgeschätztem Sprung langt er dort an. Nach anfänglichem Bammel blickt er stolz in die Umgebung.

Schön ist die Welt von oben, und er ist der Grösste!

Aber wie kann er nun da hinunterkommen?

Er studiert die Situation und entdeckt einen Mauervorsprung und die Pergola. Von dort müsste es eine Möglichkeit geben, auf den Boden zu gelangen.

Zaghaft und vorsichtig tastet er sich auf dem schmalen Sims vorwärts, und nun ein Sprung auf das grüne Blätterdach. Aber o weh! Das gibt nach, und er segelt samt Blättern und Zweigen hinab und landet unsanft auf der Terrasse.

Eine Weile bleibt er benommen liegen. Langsam versucht er aufzustehen. Gottlob, es ist alles ganz. Im Moment sind ihm die Ausbrechergedanken vergangen. Weil das Terrassentürchen zu und ihm ein wenig schwindlig ist, setzt er sich ergeben auf die Schwelle der Haustüre.

So finden wir ihn bei unserer Rückkehr vor. Anhand der abgebrochenen Zweige können wir den Hergang rekonstruieren. Glücklich, dass der fliegende Dackel nichts gebrochen hat, schliessen wir ihn in die Arme und versprechen, ihn nie wieder allein zu lassen. Bald hat er den Schreck vergessen, denn er hat mit den Enkeln so viel Spass und Unterhaltung.

Am Abend, wenn niemand mehr am Pool ist, darf er mit ihnen auf dem Rasen herumtollen. Mit dem Ball wird gespielt, oder sie balgen und rennen um die Wette. Sogar Zirkus machen sie. Cornelia ist die Dompteurin, Donald der Löwe oder das Zirkuspferd, die andern sind Zuschauer. Immer fällt ihnen was Neues ein. Beliebt ist auch «Versteckis». Viele Möglichkeiten bieten sich, um sich zu verstecken. Zwischen Häusern, Palmen, Orangenbäumen, den verschiedenen Büschen und Sträuchern. Unser kleiner Indianer schleicht durch alle Büsche und ist mit Begeisterung dabei, obschon er die Regeln nicht kennt und mit seiner Tapsigkeit oft Versteckte verrät. Als alle müde und durstig sind, kommen sie zu uns zurück. Ein Blick auf unseren Vierbeiner lässt uns entsetzen. Der Kopf, die Augenbrauen, der Bart, der Rücken und die Beinchen sind total verklebt und verfilzt. Unzählige kleine, klebrige Samenkapseln von Unkraut haben sich in seinen Haaren festgesetzt. Ganz entstellt sieht er aus. Natürlich zwickt und beisst es ihn, und er versucht, sich von dem Übel zu befreien. Ich helfe ihm mit Bürste und Kamm und am Schluss sogar mit der Schere. Ich bringe aber lange nicht alles raus, und am Schluss sieht er aus wie ein gerupftes Huhn. Einfach scheusslich. Es gibt nur eine Lösung: zum Hundefriseur.

Deprimiert gehen wir schlafen. Am anderen Morgen ist der erste Gang zum Hundesalon. In zwei Stunden könne ich ihn wieder abholen, sagen sie. Dem Hundesalon ist noch eine Zoohandlung angeschlossen. Als ich ihn abholen komme, musste ich noch eine Weile warten. Ich schaue die verschiedenen Tiere an, die zu kaufen sind. Nach einigen Minuten kommt der

Inhaber mit einem Hund auf mich zu und übergibt mir die Leine.

«Das ist nicht mein Hund!» protestiere ich.

«Sí sí, Señora», behauptet er. Der «fremde Hund» springt freudig an mir hoch und jault. Froh, die schlimme Prozedur hinter sich zu haben, will er auf meinen Arm genommen werden. Ungläubig betrachte ich das Tierchen. Ein ganz kahl geschorener, falber Dackel. Nur über den Rücken zieht sich noch ein schwarzer Streifen. Wie ist das möglich, wo sind seine schwarzen Haare?

Liebevoll streichle ich ihn. Seidenweich fühlt sich das Fellchen an. Keine Ähnlichkeit mehr mit dem schwarzen Rauhhaar. Der gründliche Friseur, der mein Bedauern sieht, erklärt mir nun, dass es nötig gewesen sei, um alle Verfilzungen raus zu kriegen, und es sei für den Hund viel bequemer bei der Hitze. Mit gemischten Gefühlen fahre ich nach Hause. Was werden meine Leute wohl dazu sagen?

Ich werde schon sehnsüchtig von den Enkelkindern erwartet. Sie sind neugierig, wie ein Dackel aussieht, der frisch aus dem Frisiersalon kommt. Ein vierstimmiger Schrei erschallt. «Das ist nicht unser Donald!»

Er aber rennt wie ein Blitz in unser Haus, hüpft erst mal auf den Sessel, schaut sich um, springt runter und kontrolliert sein Spielzeugkörbchen. Zufrieden stellt er fest, dass noch alles da ist. Schnell packt er den Teddybär, kurvt um den Tisch herum, auf die Terrasse zu den Kindern.

Bereits ist die ganze Verwandtschaft da versammelt, um das fremde Wesen zu begutachten. Zuerst sind sie auch überrascht, aber auf einmal fangen sie zu lachen an, und der Bann ist gebrochen.

Donald weiss nicht, dass er anders aussieht, er fühlt sich wohl und ist glücklich, wieder bei seinen Leuten zu sein. Nach und nach gewöhnen wir uns an sein neues Aussehen.

Alles hat einmal ein Ende. So auch der Urlaub unserer Angehörigen. Die Koffer sind schon verfrachtet, wir stehen um die beiden Autos und müssen Abschied nehmen.

Still ist es geworden. Kein Kinderlachen, keine Musik mehr von nebenan und keine Gesellschaft mehr.

Die Grosseltern und der kleine Dackel sind wieder allein. Ein Tag wie der andere ist brütend heiss und lähmt alle. Am Morgen des letzten Augusttages stehen Wolken am Himmel, und wir freuen uns auf einen erfrischenden Regen. Leider fallen nur wenige Tropfen, aber es ist doch etwas weniger heiss. Nach dem Mittagessen beginnt es erneut zu tröpfeln, und auf einmal stürzt eine Flut Wasser vom Himmel. Wir schauen vom Wohnzimmer durchs Fenster hinaus und meinen, in einem U-Boot zu sein. Verständnislos schaut Donald dem Ereignis zu. Er hat schon vergessen, dass es in Spanien auch regnen kann. Den ganzen Nachmittag giesst es in Strömen. Die Erde, von der langen Trockenheit steinhart, lässt das Wasser nur langsam versickern. Überall liegen grosse Lachen, die Liegewiese ist ein See. Als es endlich gegen Abend einen kleinen Unterbruch gibt, gehe ich schnell mit unserem Griesgram hinaus. Zaghaft die Pfötchen schüttelnd, stakst er neben mir her. Nach erledigten Geschäften begehrt er eilends zurück ins Trockene. Eine kühle, erfrischende Nacht lässt Menschen und Hund endlich wieder gut schlafen.

Am folgenden Morgen, Arnold ist schon im Badezimmer und ich noch tief am Schlafen, werde ich plötzlich brutal geweckt. Donald hat gesehen, dass der Regen vorbei ist und die Sonne wieder am Himmel steht. Überschäumend vor Lebenslust, springt er mit einem gewaltigen Satz auf meine Brust und bellt mich an. «Aufstehen, aber schnell, spazierengehen, der Regen ist vorbei», soll das heissen.

Wir machen einen schönen langen Spaziergang in der herrlichen frischen Morgenluft. Um die verschiedenen Tümpel macht unser Held jedoch einen Bogen. Wie frisch gewaschen und im Sonntagsstaat sieht die ganze Umgebung aus. Die Bäume, die Sträucher, sogar das halbverdorrte Unkraut am Wegrand stehen frisch und wie neugeboren da. Die Menschen, die uns begegnen, rufen fröhlich «buenos días!».

Auch mein Begleiter, der an den vergangenen Tagen säumig daherschlich, schreitet, das Köpfchen hoch erhoben, tatenlustig voraus und freut sich seines Daseins.

Später legt er sich auf der Terrasse an die Sonne und ist so froh, dass es nicht mehr regnet.

Die grösste Hitze ist allerdings vorbei. Die Menschen, die Tiere und die Natur atmen auf. Fast jeden Abend gibt's einen Gewitterregen. Die Nächte sind kühl, und man ahnt den nahen Herbst.

Heute war es schon am Morgen regnerisch, aber am Nachmittag klarte es auf.

«So, mein Kleiner, heute gehen wir in die Berge!» Donald schaut mich fragend an, er weiss nicht, was «die Berge» sind. Auf halber Höhe des Montgó gibt es einen Wanderweg, den wollen wir heute auskundschaften. Im Sommer war es mir zu heiss, und ausserdem hatte ich Angst vor Schlangen. Aber heute werden diese wohl in ihren Löchern bleiben. Wir fahren mit dem Auto hinauf bis zu den letzten Villen. Donald ist aufgeregt und schaut neugierig in die fremde Gegend. Er ist gespannt, was er Neues erleben würde. Wir wandern das letzte Stück geteerte Strasse und halten nach der Abzweigung zum Wanderweg Ausschau. Dort, das muss er sein. Ich lasse den zerrenden Hund von der Leine, der abenteuerlustig voranstürmt. Das erste Stück ist ziemlich steil. Ich muss ziemlich heftig schnaufen, ist es doch lange her seit meiner letzten Bergtour, auch das leidige Rauchen macht sich bemerkbar. Endlich bin ich oben auf dem Weg angelangt.

Wie wunderschön es hier ist. Staunend betrachte ich die Aussicht. Am Fuss des Berges das Städtchen Denia, im Hintergrund das Meer. Richtung Valencia viele Orangenplantagen, dazwischen unzählige weisse Häuser.

Mein kleiner Montgó-Läufer ist an der Aussicht nicht interessiert. Mit der Nase immer am Boden hastet er flink voran. Der Weg wurde in den Felsen gehauen und ist demnach steinig. Einige Felsbrocken säumen den Wegrand, unterbrochen von knorrigen Pinien und verschiedenen Sträuchern. Auf einmal wird mir bewusst, dass es wunderbar aromatisch riecht. Ich schaue die

Büsche näher an und bin angenehm überrascht. Rosmarin, Thymian, Salbei und Wacholder sind es. Also ein richtiger Kräutergarten, der diesen würzigen Geruch verströmt. Auch anspruchslose Gräser und kleine Blümchen von intensiver Farbe vegetieren zwischen den Steinen. Für mich, die ich in den Bergen aufgewachsen bin, ist dies alles fast ein Stückchen Heimat. Es macht mich aber nicht traurig, denn ich bin gerne hier. In dieser Gegend zu wohnen ist ein langjähriger Wunschtraum. Der Baum, den man zuerst aus den Bergen ins Mittelland und nun hierher verpflanzte, ist gut angewachsen und gedeiht. Beim Weitergehen pflücke ich verschiedene Kräuter und lasse meinen Geruchssinn daran teilhaben.

Mein Begleiter geniesst den Ausflug auf seine Weise. Er klettert auf Felsblöcke hinauf und schaut prahlerisch hinunter. In jedes Loch steckt er seine wunderfitzige Nase. Es riecht nach wilden Hasen, und er hofft einen aufzuspüren. Alles ist neu für ihn, und das Jägerblut seiner Vorfahren ist erwacht.

Allmählich wird es Zeit zum Umkehren, damit wir nicht in die Nacht kommen.

Müde liegt er auf dem Autositz. Aber kaum daheim, rennt er quicklebendig ins Haus und begrüsst den Meister stürmisch. Jaulend erzählt er ihm von seinen Erlebnissen.

Der Abendspaziergang kann heute ausfallen. Zufrieden schläft er in seinem Bettchen. Ab und zu bellt er leis im Traum, und seine kurze Beinchen zappeln, als müsste er einem Hasen nachrennen.

Der Herbst

Die «Gota fría» ein starker, lang anhaltender Regen, leitet den Herbst ein. Er verbannt die Menschen ins Haus. Eintönig rauscht der Regen draussen, und ein heftiger Wind rüttelt an allem, was nicht niet- und nagelfest ist. Er peitscht die Äste des grossen Eukalyptusbaumes und zerzaust die Blumen. Melancholisch sitze ich auf dem Sofa. Ich habe einen Brief erhalten, der mich sehr traurig macht. Die Zigarettenstummel häufen sich im Aschenbecher. Plötzlich stupst mich eine kühle Hundenase.

Nun schiebt sich ein schwarzes Köpfchen in meine Armbeuge. Zwei braune Äuglein schauen mich aufmunternd an. Unser kleiner Sonnenschein will mich trösten. Geistesabwesend streichle ich ihn. Das ist ihm aber zu wenig. Er beginnt, meinen Arm zu lecken, kommt höher, und fährt mir mit seiner Zunge blitzschnell übers Gesicht. Gerührt nehme ich den lieben Aufmunterer in die Arme.

«Ach, wenn ich dich nicht hätte, mein Guter», gestehe ich ihm. Jetzt hüpft er auf den Boden, sucht aus seinem Körbchen ein Spielzeug aus und bietet mir eine fröhliche Schau. Bald vergesse ich meine Trübsal und spiele mit ihm. Oh, wie freut sich nun der kleine Muntermacher. Er mag es gar nicht, wenn seine Leute traurig sind. Mit Schabernack und Unfug bringt er uns Frohsinn und Sonnenschein ins Leben.

Mittlerweile hat der Regen aufgehört, die Sonne blinzelt, der Himmel klart auf und hilft mit, das moralische Tief zu heben.
«Wollen wir ein wenig spazieren?»

Schon sitzt Donald auf dem Platz, wo die Leine hängt, schaut mich schwanzwedelnd und mauzend an. Sicher wird ein Spaziergang auch die letzten Wolken in meinem Gemüt vertreiben.

Am Abend sitzt er zwischen uns auf dem Sofa. Er ist nun nicht mehr kahl. Seine Haare sind nachgewachsen, auch die Augenbrauen und das kecke Schnäuzchen. Auf dem Rücken wellt sich bereits wieder schwarzes Rauhhaar.

Glücklich schaut er von einem zum andern und ist so froh, gerade unser Hund zu sein. Auch wir empfinden so.

Es gibt wieder schönes Wetter. Ein sonniger Oktober steht uns bevor. Die meisten Urlauber sind abgereist und die Sandstrände leer. Nun dürfen die Hunde wieder am Meer herumrennen. Auch wir fahren heute wieder einmal dahin.

Ganz verdutzt schaut unser Dackel, als wir am Strand anhalten und aussteigen. Er hat das Meer den ganzen Sommer durch nicht gesehen und es ganz vergessen.

Bockstill steht er da, die Beine in den Sand gestemmt, das Schwänzchen tatenlustig hochgestreckt, und dreht seinen Kopf nach allen Richtungen. Jetzt pirscht er los. Alles muss er kontrollieren. Der Sand ist noch da, das viele Wasser auch, und doch ist etwas anders.

Der Sturm der letzten Tage hat Haufen von Seetang angeschwemmt. Auch leere, verbeulte Plastikflaschen, rostige Blechdosen, leere Tuben von Sonnencreme und vieles andere mehr. Peinlich genau untersucht der vierbeinige Polizist die Bescherung. Er kratzt und wühlt im grünlich-braunen schlüpfrigen Seetang und bringt einen toten Fisch zutage. Interessiert beriecht er das grausige Getier, findet aber glücklicherweise keinen

Gefallen daran. Er verlässt die Stätte des Grauens, lieber will er den neckischen Wellen nachjagen. Nach einer Weile stiefelt er zum trockenen Sand zurück und erinnert sich der Rennen, die er da absolvierte. Pfeilschnell schiesst er davon, bis wir nur noch einen schwarzen Punkt in der Ferne sehen.

Wir steuern nun dem Restaurant zu, wohlwissend, dass unser Ausreisser uns dort suchen kommt.

Wirklich, nach kurzer Zeit gesellt er sich zu uns. Auch hier hat es was Neues gegeben. Der Wirt hat sich einen Schäferhund gekauft. Acht Wochen alt ist das niedliche Bärchen. Die beiden beschnuppern sich nun von hinten und vorn. Beidseitiges Schwanzwedeln bedeutet freundschaftliche Übereinkunft.

Baron heisst das Hundebaby. Unbeholfen stakst er auf seinen dicken Beinchen unserem Donald hinterher. Sie albern ein bisschen herum, und bald ist eine harmlose Balgerei im Gange. Alle Gäste erfreuen sich an dem kindlichen Gerangel.

Müde schläft Donald am Abend ein, im Bewusstsein, ein schönes Hundeleben zu haben.

Seit die Sommerhitze vorbei ist, fällt die Siesta aus. Wir wollen die noch warme Nachmittagssonne nutzen. Auch Donald liegt nicht mehr faul herum. Er möchte an diesen schönen Herbsttagen etwas unternehmen.

Nach dem Mittagessen sitzen wir, nun wieder auf der hinteren Terrasse, beim Kaffee und lesen die neuen Zeitungen. Das akzeptiert der kleine Ungeduld gerade noch, aber nicht zu lange, sonst reisst ihm der Geduldsfaden. Wenn er glaubt, es sei jetzt genug gelesen, fängt er an zu jaulen, springt an uns hoch und rennt immer wieder zum Platz, wo die Leine hängt. Weil wir keine Anstalten machen aufzustehen, bellt er nun richtig giftig und zerrt an den Hosenbeinen. – Welch ein Diktator!

Es bleibt uns nichts anderes übrig, wir müssen kapitulieren. Sein erster Gang heute ist, den kleinen Baron zu besuchen. Jeden Tag wird dieser ein Stückchen grösser. Er weiss nun auch besser mit seinen Beinen umzugehen, die ihm zuerst Mühe machten, es schien jeweils, als wüsste er nicht, welches an die Reihe kommt. Eine herrlich lange Zeit tollen die beiden herum. Völlig ausgepumpt legen sie sich für eine Weile flach auf den Bauch. Jedoch bald geht's schon wieder los.

Später dreht Donald allein noch einige Runden im Sand. So kommt unser Racker jeden Tag zu seinem Vergnügen.

Wieder ist so ein Tag, wo der kleine Bettelsack zum Ausgehen drängt. Dem Hausherrn geht es aber heute nicht besonders gut, und er möchte nicht mitkommen.

«Geh du allein, aber bitte nicht zu lange», meint er. Das habe ich auch nicht im Sinn. So fahre ich nur an den Strand kurz nach Denia, stelle das Auto am Stadtrand ab und laufe mit Donald zum Meer. Er rennt eine Weile herum, schaut befremdet in die Runde. Witternd wendet er seinen Kopf nach rechts und nach links. Eine ganz unbekannte Gegend. Auf einmal legt er los. Zielstrebig, ohne auf mein Rufen und Pfeifen zu horchen. Sein Orientierungssinn leitet ihn nach Osten.

Er rennt und rennt, kommt nun zu einem Flüsschen. Ohne zu zaudern, schwimmt er ans andere Ufer und hastet weiter. Schon sieht er von weitem das Restaurant, wo sein Spielgefährte auf ihn wartet. Der Wirt kommt hinaus und fragt: «Wo ist denn dein Frauchen?» Ja, wo ist das?

Einen Kilometer weiter hinten quäle ich mich durch den tiefen Sand, stülpe die Hosen rauf, ziehe die Schuhe aus und wate durch das Flüsschen. Ausgepumpt und müde erreiche ich endlich das Restaurant, wo der dreiste Ausreisser unbekümmert mit den anderen Hunden herumtollt.

Ich wollte heute nicht einkehren, sondern schnell nach Hause, aber nun musste ich wirklich einen Moment absitzen und den Durst löschen. Als das Cola getrunken und bezahlt ist, nehme ich den immer noch herumbalgenden Hund an die Leine.

«So, Bürschchen, jetzt geht's nach Hause, weisst du, wie weit weg das ist?» Verdutzt schaut er sich um. Normalerweise steht das Auto in der Nähe, und er kann einsteigen und wird heimgefahren. Ratlos sitzt er da und schaut mich unschuldig an.

«So, los!» Rasch schreite ich aus, denn wir haben einen langen Marsch vor uns. Folgsam trottet er mit. Nun sind wir an der Autostrasse. Nur ein schmaler Streifen ist für Fussgänger eingezeichnet. Ununterbrochen sausen Autos an uns vorbei. Das gefällt Donald gar nicht. Immer wieder hält er Ausschau nach unserem Wagen. Verzweifelt schaut er zu mir auf.

Endlich sind wir da. Ach, wie ist er froh. Er igelt sich in seine Decke ein und ist ganz still.

Am nächsten Tag regnet es. Weder Mensch noch Hund haben grosse Lust zum Ausgehen. Rasch in einer Regenpause hinaus, um das Allernötigste zu verrichten, das ist alles. Arnold hat im Kamin ein Feuer angezündet. Alle sitzen behaglich davor und verbringen einen gemütlichen Abend.

Am kommenden Morgen hat die Regenfrau ihr Spinnrad wieder weggepackt, und die Sonne steht mit vollem Glanz am Himmel. Auch unser Miesepeter von gestern hat wieder gute Laune und wartet ungeduldig auf sein gewohntes Vergnügen. Aber weil auch Wirtsleute einen freien Tag haben müssen, stehen wir heute vor geschlossener Tür. Also fahren wir weiter. Der Strand ist lang und Restaurants gibt's viele. Arnold, der sich noch immer nicht ganz fit fühlt, bleibt auf der sonnigen Terrasse sitzen und liest die Zeitung fertig. Ich ziehe deshalb allein mit Donald los. Schön ist der Spaziergang am Meer entlang und herrlich die frische Luft. Es hat sogar noch einige Unentwegte, die sich im Badekleid sonnen. Donald hüpft wie wild herum.

Er nähert sich einem Fräulein, das sich eine Kuhle in den Sand gegraben hat. Ringsum baute es eine Sandmauer, damit es vor Wind und neugierigen Zuschauern geschützt ist; es hatte wohl kein Badekleid bei sich. Mein neugieriger Dackel wagt sich unerschrocken an diese Burg heran, umrundet sie nun, und bellt das Burgfräulein an. Ärgerlich verjagt dieses den frechen Zudringling. Das lässt er sich nicht bieten. Immer böser kläfft der Hund, und das weibliche Geschimpfe nimmt zu. Das Fräulein bewirft ihn sogar mit Sand. Nach einer Weile wird es ihm aber zu dumm, er hebt noch rasch das Bein, benetzt die Burgmauer und trollt sich davon.

Mir ist die Sache peinlich. Am besten ist es, ich mache es wie der Vogel Strauss, spaziere vorbei und tue, als ob der Hund nicht mir gehören würde. Es hat zum Glück noch andere Spaziergänger hier und auch Hunde ohne Begleitung. Denen schliesst sich der ungezogene Dackel an und vollführt mit ihnen eine wilde Jagd.

Ich gehe nun zu meinem Mann zurück. Auf der sonnigen Terrasse sitzen eine Menge Leute, geniessen die warme Herbstsonne und den Blick aufs Meer.

Nach kurzer Zeit findet auch unser Lümmel zu uns zurück. Ich will ihn an die Leine nehmen, aber blitzschnell dreht er ab. Er pfeilt auf der ganzen Terrasse, um alle Tische herum und der Serviertochter zwischen die Beine. Die bleibt stehen und lässt eine spanische Tirade los. Das schüchtert ihn aber kein bisschen ein. Er umrundet sie und zwickt sie dann kurz ins Bein. Sie schreit auf und lässt beinahe das Geschirr fallen. Erschrocken gehe ich hin und entschuldige mich für den Tunichtgut. Erneut versuche ich ihn einzufangen. Meinerseits beginnt nun ein Rennen um die Tische herum. Er

lässt mich jeweils nahe an sich rankommen, um dann im letzten Moment wieder geschickt zu entwischen. Die anwesenden Gäste schauen belustigt zu, nur mein Eheliebster ärgert sich.

Nun rennt der Schlingel ins Restaurant hinein, ich ihm nach, in der Hoffnung, ihn da einzufangen. Vergebens!

Jetzt entdeckt er die Türe in den Speisesaal. Schwuppdiwup ist er auch schon drin, hinten bei der offenen Türe hinaus ins Freie, und die geplagte Dackelhalterin hinterher. Nun erblickt er eine

Katze, die sich an der Sonne räkelt. Laut bellend jagt er sie bis zum Gartenzaun. Hier klettert die Gejagte hinauf und ist drüben in Sicherheit. Der blinde Wüterich vollführt ein Höllenspektakel, aber er kann nicht durch den Zaun. Das ist der Augenblick, wo ich ihn am Halsband fassen und anleinen kann. Ich halte ihm eine Gardinenpredigt und führe den reuigen Sünder an unseren Tisch. Dort herrscht kein gutes Wetter. Arnold ist stocksauer, er habe sich geschämt wegen dieses ungezogenen Bengels und wolle sofort nach Hause. Er ist so verärgert, dass er sogar den guten Rioja stehenlässt. Er brummt, dass er diesen unmöglichen Hund erschiessen lassen werde. Gefährlich still verläuft die Heimfahrt. Ich weiss, dass er das nie zulassen würde, aber nur ja das Feuer nicht mehr schüren, denke ich und bin still.

Zu Hause setzt er sich grimmig vor den Fernseher. Der Übeltäter schleicht schuldbewusst herum und schaut ihn scheu an. «Geh weg, ich will dich nicht mehr sehen!» zürnt er ihm. Nach und nach erlischt der Ärger, und am anderen Morgen ist wieder Waffenstillstand.

Als sich Arnold auf den Weg nach Denia aufmacht, bietet sich Donald an, ihn zu begleiten. Brav marschiert er mit. Er will heute seinem Chef gefällig sein und ihn nicht mehr ärgern. Ich schaue den beiden schmunzelnd nach.

Winter

Das Blatt des Kalenders zeigt den 15. Dezember. Seit Anfang November hatten wir jeden Tag Sonnenschein. Die Abende und auch die Nächte sind wohl kühl, aber nicht so kalt wie in der Schweiz. Ein Feuer im Kamin verbreitet behagliche Wärme, und wir verbringen gemütliche Abende.

Seit Tagen bläst ein eisiger Wind von Norden. Fast in ganz Europa schneit es, auch in den nördlichen Regionen von Spanien. Aber heute morgen ist es windstill und angenehm warm. Nach dem Spaziergang mit Donald sitze ich deshalb draussen. Ein Kaffee und eine Zigarette vervollständigen das Wohlbefinden. Donald liegt zu meinen Füssen und lässt sich von der Sonne wärmen. Ich werde später meine Schreibsachen holen, und es wird ein schöner, ruhiger Vormittag werden.

Goldene Sonnenstrahlen beleuchten die weissen Häuser. Die dunkelgrünen Blätter der Orangen- und Mandarinenbäume glänzen, und das Orange ihrer Früchte sticht malerisch hervor. Ein Rotkehlchen setzt sich ohne Scheu auf die Balustrade und schaut uns zutraulich an. Der Montgó steht noch im Schatten und hütet treu sein Städtchen. – Eine idyllische Ruhe überall.

Plötzlich klopft es an der vorderen Türe. Edith steht atemlos da. Erregt berichtet sie, man habe ihr das Portemonnaie samt der Bankkarte und anderen Ausweisen gestohlen. Sie bittet mich, sie zu begleiten, weil sie kein Spanisch spricht.

Ade, du ruhiger Vormittag!

Ich ziehe mich schnell um und verfrachte Donald hinten in ihren Wagen. Zita, ihr Hund, freut sich über die Gesellschaft. Sie kennen sich gut, und dementsprechend fällt die Begrüssung aus. Bald ist eine freundschaftliche Balgerei im Gange.

Auf dem Polizeiposten empfängt uns ein freundlicher Mann und hört sich unser Problem an. Als er vernimmt, dass wir deutschsprachige Schweizer sind, händigt er uns ein Formular in unserer Sprache aus. Das sollte Edith ausfüllen und drei Fotokopien machen. Wir wollen das bei einer Tasse Kaffee erledigen und fahren deshalb stadtwärts. Zum Glück finden wir schnell einen Parkplatz. Ich steige aus, schliesse die Tür und winke den Hunden «adieu» zu. Edith ist noch drinnen, sie will den beiden die Leinen abnehmen, damit sie sich nicht verwickeln. Plötzlich schreit sie: «Der Donald ist fort!»

Das gibt's doch nicht, eben habe ich ihn noch am Fenster gesehen. Aber, o weh, dort rennt er wirklich die Hauptstrasse hinauf. Wieselschnell schlängelt er sich durch die vielen Leute. Weit weg sehe ich ihn noch, ganz klein.

Der ist verloren, denke ich. Voller Angst haste ich dem Ausreisser nach. Es gibt Momente, wo ich ihn nirgendwo sehe.

Ich darf doch nicht ohne Donald nach Hause kommen, erst heute morgen haben Arnold und er geflirtet, und mir wurde versichert, den besten Hund der Welt gekauft zu haben. Der Tausendsassa setzte seine Pfötchen seinem Herrn auf die Knie und schaute ihn verehrend an. Er streichelte seinen Kopf und sagte ihm schmeichelnd, er sei ein lieber, feiner und schöner Hund. Donald hüpfte sogleich auf seinen Schoss und kuschelte sich ganz eng an seinen Chef.

Ich bin für ihn die liebe Frau, die ihm das Essen gibt, ihn bürstet, mit ihm herumalbert und grosse Spaziergänge macht. Aber mein Mann ist für ihn sein Gott, den er respektiert und unendlich verehrt.

Verzweifelt renne ich weiter durch die dicht bevölkerte Strasse, rufe und pfeife. Einige Passanten schauen sich um. Schmunzelnd die einen, kopfschüttelnd die anderen. Jetzt überquert er die Strasse, knapp vor einem fahrenden Auto durch. Glück gehabt!

Als er sieht, dass ich ihn verfolge, blickt er triumphierend in die Runde und hastet weiter. Offensichtlich geniesst er den Ausflug. Er war noch nie in der Hauptstrasse, ich wollte ihn immer vor dem Gedränge, das da herrscht, verschonen, aber anscheinend macht ihm das Spass. Überschäumend vor Lebenslust geniesst er die Freiheit. Ab und zu hebt er an einer Platane, die im Sommer den Fussgängern Schatten spendet, das Bein. Immer weiter reist er. Allen Hindernissen geschickt ausweichend, entschliesst er sich, die nächste Querstrasse hinaufzugehen. Dort ist zu allem Übel Markttag. Zweimal in der Woche bieten hier die Bauern Blumen, Früchte und Gemüse an. Ich drücke mich zwischen den Kauflustigen durch und sehe, o Schreck, Donald hebt schon wieder das Bein. Diesmal an einem Gemüsekorb. Die Frau, die dahinter steht, fängt an zu keifen und zu zetern. Ich wähle wieder die bewährte Methode, gehe vorbei, als ob mich das Ganze nichts anginge. Mit einem Auge schiele ich, was er wohl als Nächstes anstellen würde.

Schon ist es soweit.

Am Ende des Marktes ist ein eleganter Uhren- und Schmuckladen. Mit der bekannten, verkrümmten Stellung bleibt er dort stehen und setzt ein Häufchen als Andenken hin. Schon tritt ein Herr hinein und schimpft natürlich. Der Denkmalsetzer jedoch ist schon wieder einen Häuserblock weiter. Dort zweigt er nach rechts ab, er hat eine Baustelle entdeckt, die ihn interessiert. Hier erwische ich den Vagabunden endlich. Er steht auf einem Sandhaufen, benetzt ihn und scharrt tüchtig mit seinen Hinterbeinen. Ich frage mich oft, wo so ein kleines Tierchen das viele Wasser hernimmt, sein Tank müsste doch längst leer sein. Glücklich, ihn endlich wieder zu haben, tadle ich ihn nur mässig. Er ist sich auch keiner grossen Schuld bewusst. Das wilde Jäger- und Abenteuerblut hat sich wohl bemerkbar gemacht. Zurück auf der Hauptstrasse, treffen wir bald auf Edith und Zita. Lachend und erleichtert, dass alles doch noch gut abgelaufen ist, fallen wir uns um den Hals. Auf einer sonnigen Terrasse finden wir Platz und können bei einem Kaffee die Formulare ausfüllen. Donald liegt müde von seinen Strapazen zu meinen Füssen. Vom Nachbartisch höre ich flüstern:

«Schau doch mal das süsse, brave Hündchen.» Später erkläre ich dem «Süssen», dass er für heute seinen Ausflug gehabt habe.

Tage darauf löst ein Landregen die Schönwetterperiode ab. Unser schwarzer Sonnenschein sitzt unter der Türe und philosophiert, ob das miese Wetter wohl eine Strafe für seine Ausreisserei von neulich ist.

Auch ich studiere, was man mit einem solch ungehorsamen Dackel machen muss. In unserer Umgebung kann ich ihn schon mal kurz freilassen, und er kommt meistens schnell zurück. An der Tür macht er sich mit Kratzen bemerkbar, und wir heissen ihn herzlich willkommen. Sogleich hüpft er uns auf den Schoss, schmeichelt und leckt uns die Hände, als ob er sagen wollte: Ich bin doch so gerne bei euch!

Ich habe neulich gelesen, man könne den Charakter eines Hundes an seinem Sternzeichen erkennen. Donald ist Jungfrau, aber mir scheint, er ist eher Zwilling, manchmal wohnen wirklich zwei Seelen in seiner Brust.

Ich habe schon vieles versucht, wenn seine schwarze Seele die Oberhand hat, aber weder locken noch schmeicheln oder gute Häppchen nützen dann. Ich weiss auch, dass man einen Hund beim endlichen Einfinden nicht strafen soll, weil er sonst glaubt, er werde fürs Kommen bestraft. Dies ist manchmal schwer, wenn er mir mit seinen Flausen den letzten Nerv ausgerissen hat. Oft scheint es mir, dass er ein besonderes Vergnügen hat, wenn ich ihm nachrennen muss. Ich hoffe, dass es besser wird, wenn er älter wird.

Eines Abends wollte unser Diktator dringend hinaus. Ich war im Moment mit etwas anderem beschäftigt, so liess ich ihn allein gehen. Etwas später fiel mir auf, dass er schon eine halbe Stunde weg war. Beunruhigt ging ich hinaus, um nach ihm zu schauen. Ich rief und pfiff, suchte überall, nirgends war ein schwarzer Schatten zu entdecken. Verärgert über den Lümmel, ging ich schliesslich wieder hinein.

Aber wohl war mir nicht dabei. Noch zweimal hielt ich draussen Nachschau, untersuchte alle Büsche und sah an seinen Lieblingsplätzen nach. – Nichts!

Enttäuscht und wütend schwor ich, diesmal würde ich ihn strafen. Als ich nach einer Weile wieder nach draussen ging, sah ich ihn am Fuss zum Terrassenaufgang sitzen.

«So, bist endlich da, du schlimmer Hund!» schalt ich ihn aus. Mit der Leine, die ich in der Hand hielt, hieb ich auf sein Hinterteil. Nicht zu stark, aber er musste wissen, dass ich böse auf ihn war. Erschrocken zuckte er zusammen und wollte aufstehen, da sah ich, dass er nur auf drei Beinen ging. Sofort war mein Zorn verblasst. Ich nahm ihn auf und bettete den Verletzten auf einen Sessel. Ich untersuchte ihn und fand, dass etwas mit seinem Hinterbeinchen nicht in Ordnung war. Beim Berühren wimmerte er kläglich. Ich trug ihn behutsam in sein Bettchen und bereute, dass ich ihm böse war.

Am Tag darauf war es noch nicht besser. Von einer Frau habe ich vernommen, er sei von einem Auto angefahren worden. Sie habe ihn jaulen hören und dann davonhumpeln sehen.

Mein Gott, er könnte ja tot sein. Ob er wohl innere Verletzungen hätte, fragte ich mich. Kurz entschlossen packte ich ihn ins Auto und fuhr zum Tierarzt.

Glücklicherweise war es doch nichts Ernstes. Er gab ihm eine Spritze und Tabletten zum dreimal täglich Eingeben.

Beruhigt fuhr ich heim und pflegte das arme Hündchen. Nach einigen Tagen stand er schon wieder zaghaft auf dem vierten Bein, und bald hinkte er nicht mehr.

Wir waren sehr besorgt um ihn, nicht auszudenken, wenn wir ihn verloren hätten. Aber der Unfall hat auch etwas Gutes bewirkt. Seit der Zeit haben wir einen braven Hund. Er gehorcht mustergültig. Keine Spur mehr von Ausreissen, wenn er noch so wild herumrennt, genügt einmal rufen, und er setzt sich hin und lässt sich anleinen. Dafür wird er auch gelobt, nicht nur von uns. Viele Leute wundern sich, dass ein so kleiner Dackel schon so gut gehorcht.

Schwere Zeiten und gute Freunde

Weihnachten und Neujahr haben wir geruhsam verbracht. Arnold war immer müde und mochte nicht essen. Still sass er im Sessel, weder fernsehen noch lesen mochte er. Auch die Spaziergänge mit Donald fielen aus. Ich spornte ihn an, sich doch nicht so gehenzulassen, er sei noch lange kein Greis. Eines Tages hatte er die Idee, ein neues Auto zu kaufen. Ich meinte, das sei doch nicht nötig. Endlich habe ich mich an den kleinen Seat gewöhnt und auch wieder ans Schalten. Er aber gab keine Ruhe, argumentierte, wenn er sterben sollte, wäre ich gezwungen, ein neues zu kaufen, und würde mit Sicherheit reingelegt. So sind wir mit Pepe in die Peugeot-Garage gefahren. Er stand uns beim Verhandeln bei, und darauf haben wir den Kauf bei einem Glas Wein gefeiert. Plötzlich sagte Pepe:

«Arnold, du hast ja ganz gelbe Augen, bist du krank?»

Ich hatte ihn auch schon darauf angesprochen, er aber behauptete immer, es gehe ihm gut.

Tage darauf war er im Gesicht und am ganzen Körper gelb. Alle Ratschläge, doch zu einem Arzt zu gehen, schlug er aus.

Offensichtlich hatte er Gelbsucht. Ich besorgte ihm in der Apotheke Medikamente, die helfen sollten.

An einem schönen Nachmittag besuchten uns Werner und Ina. Tief erschrocken über sein Aussehen, packten sie ihn ohne Widerrede ins Auto und brachten ihn ins Spital.

Stunden musste ich auf das Resultat der Untersuchung warten. Ich muss wohl verzweifelt ausgesehen haben. Eine Spanierin, die mit mir im Aufenthaltsraum gesessen hatte, bot mir Tee und Sandwich an. Ich war erstaunt ob so viel Freundlichkeit. Niederschmetternd war dann der Befund des Arztes.

«Es muy malo!»

Die Gelbsucht hat bewirkt, dass viele innere Organe nicht mehr richtig arbeiteten.

Viel Zeit verbrachte ich an seinem Bett. In Spanien ist es so, dass Angehörige der Patienten beim Pflegen mithelfen müssen.

Ich ging nur weg, um mit dem armen Donald spazierenzugehen. Er sass die ganze Zeit im Auto, schaute mich so traurig an, wenn ich ihn dahinein verfrachtete. Er verstand die Umstände nicht, merkte nur, dass was Besonderes los war, und wartete vergebens, dass sein Meister kommt.

Der Zustand von Arnold verschlechterte sich immer mehr. Der Arzt verlangte, dass rund um die Uhr jemand bei ihm sei. Nun war ich um meine Freunde froh. Edith nahm Donald zu sich, und Ina und Maya lösten mich im Spital ab.

Bald sah man, dass es keine Rettung mehr gab. Ich telefonierte mit meinen Kindern, aber für einen Besuch war es zu spät. Wasser staute sich in seinem Körper und bewirkte einen Herzstillstand.

Mechanisch erledigte ich alles, was bei einem Todesfall nötig ist, und holte dann Donald ab.

Allein mit ihm zu Hause, überfiel mich erst die ganze Trauer. Während ich weinend dasass, schmiegte sich mein Hündchen still an mich. Unverständlich schauten mich seine treuen Augen an. Fest drückte ich ihn an mich und war froh über sein Dasein. Es folgte nun eine hektische Zeit.

Nachbarn besuchten mich und boten ihre Hilfe an. Blumen wurden gebracht, Kondolenzbesuche gemacht, kurz, es war ein Kommen und Gehen. Auch Sohn und Tochter kamen aus der Schweiz. Mich lenkte das alles etwas ab, und Donald freute sich über die vielen Besuche.

Auf Wunsch des Toten haben wir ihn kremiert und die Urne dem Meer übergeben. Wir haben dazu ein kleines Schiff gemietet und fuhren hinaus. Als die Urne versenkt war, warfen wir die Blumen ins Wasser. Es war feierlich, wie diese auf dem Kielwasser unseres Schiffes nachschwammen.

Nun ist alles vorbei. Es ist still geworden, sehr still. Donald und ich sitzen am Abend vor dem Kamin, ich lese und höre leise Mozart-Musik. Tagsüber aber verlangt er nach Abwechslung und Aufmerksamkeit. Damit lenkt er mich von trüben Gedanken ab und zwingt mich, wieder am Leben teilzunehmen.

Die Nachmittagsspaziergänge machen wir viel am Meer. Donald hat hier sein Vergnügen, und ich bin in Gedanken bei Arnold. Freunde und Nachbarn laden uns ein, und ich zwinge mich, kein Trauerkloss zu sein, um ihnen den Umgang zu erleichtern. In meinen vier Wänden aber bin ich oft traurig. Ich kann es noch immer nicht begreifen, dass er nicht mehr dasein soll. Oft meine ich, er müsse jeden Moment zur Tür hereinkommen. Auch Donald sitzt viel auf seinem Lauerposten, wo er jeweils auf ihn wartete. Langsam sollte ich seine Sachen räumen, ich kann es fast nicht, denn dann ist es so endgültig. Donald schnuppert manchmal an seinen Schuhen und schaut mich dann fragend an. Irgendwie hat er aber begriffen, dass er nun meines Hauses Hüter ist. Er verteidigt mich und das Haus mit lautem Gebrüll, wenn sich jemand nähert. Liege ich abends auf dem Sofa, thront er oben auf der Lehne und schaut streng und gebieterisch hinab. Er kommt sich bei allem sehr wichtig vor. Es ist wirklich ein Trost, einen solchen Freund zu haben. Jetzt erst recht ist der kleine Schwarze mein Sonnenschein.

Wir zwei allein

Das Leben geht weiter, und ich habe nun öfters Besuch in meinem Nebenhaus. Meistens sind es jüngere Leute, und immer haben sie Freude an Donald. Er versteht es auch, sich einzuschmeicheln. Frech geht er bei ihnen ein und aus und stibitzt mit diebischer Freude Schuhe und Socken. Niemals macht er sie kaputt, aber verschleppt sie überallhin. Keiner nimmt das dem kleinen Schlingel übel, im Gegenteil, sie albern und rennen mit ihm herum. Sind die Zweibeiner müde, ist er es noch lange nicht. Im Gras liegend, beobachtet er seine Mitstreiter. Falls diese sich auf den Liegestuhl legen, springt er ihnen auf den Bauch oder zwickt sie in die Zehen.

Seinen Meister vermisst er immer noch sehr, deshalb haben die männlichen Besucher immer den Vorrang. Unermüdlich fordert er sie zum Spielen auf und will, dass sie sich mit ihm beschäftigen. Zu den Frauen ist der Schmeichler galant und nett, und kommt so öfters zu einem guten Häppchen.

In unserer Nachbarschaft aber wohnt ein Mann, der keine Hunde mag. Mit sicherem Instinkt geht er dem aus dem Weg.

Er ist sich nun gewohnt, mit mir allein im Haus zu leben, und geniesst die ganze Aufmerksamkeit, die ich ihm zukommen lasse. So wird er immer wählerischer mit dem Essen. Büchsenfleisch oder fertiges Hundefutter verachtet er und lässt es stehen. Gerne isst er Herz und Leber, aber am liebsten mag er das, was ich für mich koche, dabei lässt er Gemüse und andere Beilagen stehen und pickt sich fein säuberlich nur das Fleisch heraus. So teilen wir die Mahlzeit, er frisst das Fleisch und ich esse die Zutaten. Wenn er glaubt, es wäre Zeit zum Kochen, zupft er mich am Ärmel, rennt zum Kühlschrank, blickt mich aufmunternd an und setzt sich dann erwartungsvoll vor den Kochherd. Ist das Essen fertig, mache ich ihm den Mund wässerig und schwärme von den guten Sachen, die ich gekocht habe. Wirblig hüpft er herum und kann es fast nicht erwarten, bis sein Teller gefüllt ist. Zufrieden schaut er mich danach an und leckt sich sein Schnäuzchen sauber. Weil er kein Gemüse mag, schmuggle ich ihm Vitamintabletten in sein Futter.

Immer enger haben wir uns aneinandergeschlossen, und jeder macht dem andern Freude, wo er kann.

Als ich heute morgen die Küche aufräumte, hörte ich plötzlich vor dem Haus «hola!» rufen. Es war eine energische Männerstimme. Ich öffnete die Tür, und blitzschnell war mein Bewacher draussen und liess ein ohrenbetäubendes Gebrüll los. Ein Polizist, in voller Montur, wollte sich nach einem Herrn X erkundigen, aber bevor ich mit ihm sprechen konnte, musste ich den blinden Wüterich ins Haus sperren. Kein Wort hätten wir verstanden, so laut lärmte er. Tapfer hat er sein Frauchen verteidigt und hätte notfalls dem Uniformierten die Hosen zerrissen oder ihn ins Bein gebissen. Wahrlich ein mutiger und tapferer Kämpfer ist mein Donald.

Dass er auch ein Feigling sein kann, erlebe ich am Abend. Das Essen ist fertig, und ich stelle seinen Teller an den gewohnten Platz, in die Ecke. Normalerweise geht er sofort darauf los, jetzt aber trippelt er zaghaft drum herum, nähert sich und scheut ängstlich zurück.

«Was ist denn los, was siehst du denn?»

Als er nicht aufhört mit seinen Fisimatenten, gehe ich näher und schaue nach.

Eine Spinne liess sich an einem Faden von der Decke herunter und baumelt nun direkt über seinem Teller.

Welch eine Ungeheuerlichkeit!

Der freche Dackel, der heute morgen den Polizisten so erschreckte und den er am liebsten in tausend Fetzen gerissen hätte, hat Angst vor einer kleinen Spinne. Ich lache ihn aus, stelle seinen Teller in eine andere Ecke und entferne das «Corpus delicti» mit dem Besen. Er aber traut der Sache nicht. Den ganzen Abend schleicht er um die ominöse Ecke, schaut immer wieder nach oben, unsicher, ob die Gefahr gebannt ist. Für diese Episode verdient der kleine Held keine Tapferkeitsmedaille.

Die Reise in die Schweiz

Ich erhielt ein Telegramm, dass meine Schwester gestorben sei. Weil sie die letzte unserer Familie war, musste ich dringend sofort in die Schweiz fahren. Ich rief drei Busunternehmen an, zwei waren ausgebucht, und das dritte nahm keine Hunde mit. Ohne Donald würde ich nicht fahren. Die einen Freunde konnten ihn nicht nehmen, und Edith war selber in der Schweiz. Ein Hundeheim kam auch nicht in Frage. Mein Donald, der so auf mich fixiert ist, wäre vor Heimweh gestorben.

Meine Tochter konnte im letzten Moment einen Charterflug für mich buchen. Für den Hund müsste ich am Flughafen eine Boxe kaufen, die dann mir gehören würde. Damit war ich einverstanden. Hastig packte ich, was ich an Kleidern und Papieren brauchte, in einen Koffer. Verständnislos sah Donald dem Unternehmen zu. Ich klärte ihn über mein Vorhaben auf. Er konnte sich aber unter «Fliegen» nichts vorstellen. Ich erzählte ihm weiter, dass er in der Schweiz in richtigen Wäldern herumspringen dürfe. Vielleicht würde er Rehe sehen, die abends am Waldrand äsen, oder mit Glück einem Hasen begegnen, der über den Weg hoppelt. Ich wüsste auch eine Fuchshöhle, in die dürfte er mal hineinschauen und schnuppern. Mit gerunzelter Stirne hörte er aufmerksam zu. Alles unbekannte Dinge. Er merkte nur, dass etwas Aufregendes passieren würde.

Am nächsten Tag war es dann soweit.

Bekannte bringen uns zum Flughafen. Erstaunt blickt sich der kleine Hund in dem grossen Gebäude um. Viele Menschen, die mehr oder weniger nervös herumhasten. Nirgends darf er sein Bein heben, jedesmal wird er verhindert. Ein Gedränge ist das. Er ist schon ganz wirr im Kopf und weiss nicht, wie ihm geschieht, als man ihn plötzlich in eine Boxe sperrt. Ganz eng ist es da. Verzagt schaut er mich durch die Gitterstäbe an. Jetzt wird er auf einen Wagen geladen und weggefahren. Mir drückt es fast das Herz ab.

Mit viel Gepäck wird er nun in den Bauch eines grossen silbernen Vogels verfrachtet. Ganz verschwommen erinnert er sich, schon mal etwas Ähnliches erlebt zu haben. Nun spürt er, dass der grosse Vogel fährt. Plötzlich hat er ein komisches Gefühl im Magen, und er muss dreimal schlucken. Obschon er heute noch nicht gegessen hat, verspürt er ein unbekanntes Würgen. Nach einer Weile sind die Motoren nicht mehr so laut, und auch das Kribbeln im Bauch ist weg.

Aber nach kaum zwei Stunden ist es schon wieder soweit, dazu ein Rauschen in den Ohren. Nun gibt's ein Geholper, er wird geschüttelt und hat nun Angst. Aber auf einmal ist es still, die Tür wird geöffnet, und man hebt ihn auf ein kleines Auto. Zuerst wird nun seine Boxe, dann ein Koffer nach dem andern auf eine schmale Unterlage gestellt, und alles bewegt sich vorwärts, in das grosse Gebäude hinein. Hier sieht er mich, wie ich auf ihn warte. Oh, wie freut er sich. Schnell hebe ich sein Gefängnis vom Fliessband, öffne das Türchen und lasse ihn frei. Gemeinsam warten wir nun auf den Rest meines Gepäcks. Alles wird auf den Handwagen geladen, und Donald stakst auf steifen Beinen neben mir dem Ausgang zu. Sohn und Enkel erwarten uns bereits und begrüssen uns freudig. Pascal will Donald an der Leine führen. Während des Begrüssungspala-vers zieht der Hund den kleinen Knaben zur nächsten Säule, und – o Schreck – der Vierbeiner markiert seine Ankunft in der Schweiz. Mit schlechtem Gewissen schauen wir um, ob es jemand gesehen hat. Aber die vielen Menschen hasten vorbei, niemand kümmert sich um einen kleinen Hund.

Nach einer kurzen Autofahrt sind wir am Ziel, er darf hinaus, frei herumspringen. Ach, ist das schön, wieder richtigen Boden unter den Füssen zu haben. Der alte Airedaleterrier des Sohns kommt neugierig herangetrottet und beschnuppert ihn. Gemeinsam ziehen sie los. Viel Neues gibt es für Donald zu sehen. Wieselschnell pfeilt er auf dem grossen Parkplatz, der zum Restaurant gehört, herum. Grosse Kastanienbäume, verschiedene Sträucher, die den nahen Waldrand säumen, und neue, unbekannte Gräser und Blumen. Was es da für den kleinen Gast alles zu beriechen gibt. Nun wird ein steiles Bord mit Buchenbäumen erklettert. Wie das lustig raschelt im dürren Laub! Tasso, der Veteran, der schon einige Jahre auf dem Buckel hat, kommt kaum mit. Oben angekommen, schaut der Kleine stolz zu uns herab. Was für ein Kerl er ist!

Wir gehen nun ins Haus. Er beobachtet das und will schnell hinuntersausen, rutscht aber aus und langt nach einer schönen, langen Rutschpartie unten an. Flink rennt er uns nach, überholt und dringt frech ins Restaurant ein. Da umrundet er den Stammtisch, flitzt hinaus ins Office, in die Küche und dort durch den Lieferanteneingang wieder ins Freie. Hier schlägt ein Kochlehrling eben ein Unfallreh aus der Decke. Das Fell liegt am Boden, beide Hunde beschnuppern es ausgiebig und sind für die nächste Zeit beschäftigt.

Nach einem Kaffee möchte Pascal mit Donald spazierengehen. Wir schlagen den nächsten Feldweg ein. Herrlich duftet das junge Heugras, Blumen tragen ebenso dazu bei. Ich geniesse es und fülle meine Lungen mit der reinen Luft. Ein wunderschönes Panorama breitet sich vor mir aus: die Felder, der Rebberg, das Dörfchen, die nahe Stadt und die Berge im Hintergrund. Mein Hund darf frei herumrennen, und ich freue mich für ihn, dass er sich auf dem gefahrlosen Feldweg nach Herzenslust austoben kann. Mal ist er weit voraus, und dann spurtet er mit «Garacho» an uns vorbei, nach hinten. Jetzt hat er einen Maulwurfhügel entdeckt. Er schnuppert und scharrt und hat für eine Weile alles um sich herum vergessen.

Das Plappermäulchen meines Enkels geht ununterbrochen. Was hat er doch seiner Grossmutter, die so weit weg wohnt, alles zu erzählen. So mit uns beschäftigt, merken wir erst gar nicht, dass Donald nicht mehr nachkommt. Als ich es endlich feststelle und zurückschaue, sehe ich ihn beim Haus um die Ecke verschwinden. – Aha, das Rehfell.

Am Abend schläft der kleine «Schweizer Tourist» trotz der fremden Umgebung schnell ein. Viele eindrückliche Dinge hat er heute erlebt. Der andere Tag wird neue bringen.

Wir fahren zwecks der Beerdigung in das Bergdorf, wo ich aufgewachsen bin. Als erstes mache ich einen Spaziergang, erfreue mich an dem kleinen Kirchlein, den schönen Holzhäusern und den saftigen Wiesen. Die mächtigen Bergriesen, die alles umrahmen, sind noch bis halb hinab mit Schnee bedeckt, deshalb ist es trotz Sonnenschein kühl. Wir kommen an einer Weide vorbei, wo schöne rotscheckige Kühe grasen. Eine steht nah am Zaun und glotzt uns neugierig an. Ich trete näher und rede mit ihr. Donald ist beschäftigt, die vielen neuen Gerüche zu erforschen, und achtet nicht auf die Kuh. Direkt vor ihren Füssen hat er was ganz Interessantes aufgespürt. Weil sie den fremden Hund noch nie gesehen hat, senkt sie nun ihren grossen Kopf zu Donald und lässt ein lautes «Muh» ertönen. Dieser erschrickt, schaut auf, erblickt das Kuhhaupt gefährlich nah über ihm und gerät in Panik. Er bringt es fertig, aus dem Halsband herauszuschlüpfen, und rennt weg. In sicherer Entfernung schaut er das Ungeheuer an. Er hat noch nie zuvor eine Kuh gesehen, und dann dieses Gebrüll, da muss man vorsichtig sein.

Ich verfrachte ihn nun ins Auto, da fühlt er sich sicher. Es ist ohnehin Zeit, in die Kirche zu gehen. Leute, die ich kaum wiedererkenne, begrüssen mich und kondolieren. Schulkollegen und -freundinnen, die ich nach 30 Jahren zum erstenmal wiedersehe, muss ich nach dem Namen fragen. Der Gottesdienst in der alten Kirche weckt viele Erinnerungen. Beim anschliessenden Essen im Restaurant darf Donald dabeisein. Er will aber weder Wurst noch Schinken essen, die vielen fremden Menschen und die unbekannte Umgebung machen ihn scheu. Zwei Tage bleiben wir hier, bis alles geregelt ist. Am Morgen mache ich mit ihm einen Spaziergang. Ich möchte ihm den Wald, wo ich als Kind an der Hand meines Vaters so gerne ging, zeigen. Wir überschreiten die Brücke des Wildbaches. Wie gross und gefährlich ich den immer fand! Das reissende, gischende Wasser, das sich über die Felsblöcke stürzt, kommt mir heute klein und harmlos vor. Man hat uns Kinder immer gewarnt, nicht zu nah zum Bach zu gehen, dort hause ein böser Mann, der mit einer langen Hakenstange die kleinen Kinder zu sich hinabziehe. Wie haben wir uns da gefürchtet und den gefährlichen Ort respektiert. Lächelnd denke ich daran zurück und erfreue ich heute ob seiner Frische und Klarheit. Der Spaziergang durch den Wald, den ich lang in Erinnerung hatte, erscheint mir heute kurz. Mein Hund hat auch nicht die erhoffte Freude daran. Immer wieder kommt er zu mir und schaut mich fragend an. Ob er Angst hat vor den vielen hohen Tannen oder einfach vor all dem Fremden, weiss ich nicht. Gerne flaniert er mit mir durchs Dorf, aber wenn die Viehweiden anfangen, bleibt er sitzen und streikt. Auch mir kommt alles so fremd und klein vor. Die nahen Hügel, die ich damals als steil empfand und an denen ich meine ersten Skikünste übte, sind nur noch kleine Hügelchen. Selbst die Berge sind nicht mehr so riesig, ja das ganze Dorf scheint ein Spielzeugdorf zu sein. Ich komme mir fremd vor, kann es fast nicht glauben, da einmal zu Hause gewesen zu sein.

Ohne grosse Wehmut verlasse ich den malerischen Ort. Im Unterland, wo meine zweite Heimat war, verbringe ich die Tage bis zur Abreise, besuche meine Tochter und ihre Familie, ehemalige Freunde und die Stadt.

Wie gerne bin ich dorthin zum Einkaufen gegangen. Heute finde ich mich da kaum mehr zurecht. Viele Strassen sind gesperrt, einbahnig oder gar autofrei. Ich finde doch endlich einen Parkplatz und gehe zu Fuss meinen Einkäufen nach. Mein alter geliebter Bücherladen, wo ich so gerne verweilte, ist nicht mehr. Ein Bürogebäude steht statt dessen da. Also suche ich einen anderen. Ich erinnere mich an einen älteren Herrn und zwei Damen, die mich stets gut beraten konnten. Auch hier ist alles neu. – Selbstbedienung!

Ein junges Mädchen und ein Bursche unterhalten sich kaugummikauend über den gestrigen Discoabend. Sie sind überhaupt nicht interessiert, ob ich etwas kaufe oder nicht. Auch in meinem bevorzugten Kleidergeschäft ist alles verändert; schwarze, glänzende Marmorböden und viele Spiegelwände. An gleissenden Messingstangen hängen die Kleider, und wie in einem Marionettentheater schwebt lautlos eine Puppe auf mich zu. Die ehemalige Bekannte, etwa in meinem Alter, die damals hier Verkäuferin war und mit der ich jeweils ein Schwätzchen machte, ist weg.

Ich kaufe dennoch ein, wie ich auch Lektüre erwarb, aber ohne Freude. Beladen mit Paketen und Plastiktüten, steuere ich meinem Stammcafé zu. Ein gemütlicher, stiller Ort. Man sass in Nischen mit Blumen, an den Wänden hingen schöne Bilder, und an der Decke war eine wunderbare Gipsstukkatur. Eine diskrete Bedienung half mit, dass man sich wohl fühlte und Erholung genoss. Als ich zur Tür komme, ist die verschlossen. Matt, ungeputzt, der Vorhänge bar schauen mich die Fenster an. Ich frage einen Passanten nach dem Warum. – Es sei jetzt ein Asylantenheim.

Ich komme schliesslich doch noch zu einem Kaffee in einem kalten, unpersönlichen Lokal. Enttäuscht fahre ich zurück in mein vorübergehendes, früheres Zuhause. Aber auch hier fühle ich mich fremd. Seit unser Sohn das Restaurant führt, ist aus dem gemütlichen Landbeizli ein Nobelrestaurant geworden. Alle sind freundlich und nett, aber sehr beschäftigt. Ich komme mir überflüssig vor. Fremde Gäste gehen ein und aus. Kaum bekannte Gesichter treffe ich an. Ich gehe mit Donald noch einmal in den bekannten Gefilden spazieren. Sie sind alle voller Erinnerungen.

Früh ziehen wir uns in unser Zimmer zurück und zählen die Stunden bis zur Abreise. Der Rückflug von Zürich nach Alicante ist eine Erleichterung. Während wir Spanien überfliegen, habe ich das Gefühl, nach Hause zu kommen. – Eigenartig, ich hatte als junges Mädchen geglaubt, nur in den Bergen leben zu können, und heute ist Spanien meine Heimat.

Froh gehe ich den Orangenbäumen entlang meinem Haus zu. Die Blumen im Vorgarten heissen mich freundlich willkommen. Glücklich betrete ich mein Heim mit den gemütlichen Ledersesseln, dem Kamin und den vielen Büchern. Hier ist meine Welt. Auch mein Hund freut sich unbändig. Er dreht seine obligate Tour durch alle Räume, hüpft aufs Sofa und startet eine neue Runde. Einen richtigen Freudentanz vollführt er. Ach, wie schön, wieder zu Hause zu sein!

Nach dem Ablegen der Reisekleider machen wir einen Spaziergang. Glücklich sucht er seine Lieblingsplätze auf und markiert x-mal seine Rückkehr. Mit Begeisterung zieht er von einem Ort zum andern, ihm ist es egal, dass sie staubig und voll verdorrtem Unkraut sind. Hier ist er zu Hause. Ich begreife ihn, denn mir geht es genauso.

Ein heisser Sommer

Jeder Tag ist heisser als der vorhergehende. Die hier lebenden Ausländer machen es den Spaniern gleich. – Siesta.
Die Geschäfte und die Büros sind von 14 bis 17 Uhr geschlossen. Wer es sich leisten kann, bleibt im kühlen Haus. Nur die Touristen braten an der Sonne. Wir missgönnen sie ihnen nicht, denn wir haben sie das ganze Jahr. Am meisten geniesst man sie natürlich im Winter. Ich finde es immer so originell, wenn in der kälteren Zeit alte Leute einen Schemel vor die Haustür stellen und in stoischer Ruhe an der Sonne sitzen. Wie ausgestopft wirken sie. Vielleicht schauen sie dem Verkehr zu oder überdenken ihr Leben.

An der Hauptstrasse hat es einige Steinbänke, wo sich ältere, aber noch rüstige Männer zum Schwatz treffen. Eifrig diskutieren sie über Politik, Gott und die Welt. Aber jetzt, in der heissen Zeit, stehen die Bänke menschenleer da.

Einheimische sieht man wenig, es sind Urlauber, die das Städtchen bevölkern.

Neuerdings liebe ich es, am Morgen früh aufzustehen. Die Frische des Morgens ist noch angenehmer als die Kühle des Abends.

Ich erwache heute schon um 6 Uhr. Im Schlafzimmer ist es noch heiss, so setze ich mich auf die Terrasse, wo es etwas kühler ist. Es ist noch dunkel. Die Orangenbäume in der Anlage stehen wie schwarze Schemen da. Nun höre ich das Tuckern der Fischerboote, die zu ihrem Fang hinausfahren. Zwei Hähne in der Nähe beginnen um die Wette zu krähen. Donald erscheint unter der Tür und schaut mich verwundert an. Nun schüttelt er den Schlaf aus, streckt sich nach hinten und nach vorn. Ganz lang wird er. Jetzt schaut er in den dunklen Garten hinaus, studiert ein Weilchen, hüpft nun auf den bequemsten Gartenstuhl, seufzt und rollt sich zusammen. Er will noch ein bisschen schlafen. Das Dieselbähnchen Denia – Alicante fährt auf seinem ersten Kurs vorbei und hupt beim nahen Bahnübergang. Im

Osten färbt sich der Himmel perlmuttfarbig. Ab und zu hört man ein Auto, das Frühaufsteher zur Arbeit bringt. Nun beginnen die ersten Vögel zu singen. Am Horizont, wo die Sonne aufgehen wird, färbt sich nun der Himmel rot. Der übrige, bis jetzt noch schwarz, erhellt sich schwach blau. Plötzlich verschwindet das Rot, und es ist, als ob jemand eine sehr grosse und sehr starke elektrische Birne angezündet hätte. Wie wenn auf einer Theaterbühne das Licht angeht, wird die ganze Landschaft hell. Die Bäume sind grün und die Blumen farbig.

In unserer Überbauung ist es mäuschenstill. Alle schlafen, nur mein Hund und ich erleben das Schauspiel des erwachenden Morgens.

Wir machen uns auf für den Morgenspaziergang. Langsam schiebt sich die gleissende Kugel der Sonne hoch, und es wird heiss. Zu Hause lockt der kühle Pool. Donald weiss, was los ist, wenn ich das Badekleid anziehe. Er muss jetzt noch besser als sonst auf das Haus aufpassen. Dazu setzt er sich auf den Tisch und blickt mit wichtiger Miene nach rechts und links. Ich schwimme einige Runden, geniesse das kühle Nass und das Glück, den Pool ganz allein für mich zu haben. Tagsüber sind die Urlauber und ihre Kinder drin. Es herrschen dann ein Gekreisch und eine Spritzerei, ans Schwimmen ist kaum zu denken. Ich gönne ihnen den Spass in den kurzen Ferien. Nach dem Abtrocknen fühle ich eine prickelnde Frische und geniesse den Morgenkaffee.

Meine Kinder und Enkel sind dieses Jahr nicht hier, aber Freunde und Bekannte. Sie sind alle dicke Freunde von Donald. So dauert es nicht lange, bis die ersten Besucher eintrudeln. Britta kennt er schon länger, und er freut sich unbändig, wenn sie mit ihren Eltern nach Denia kommt. Sie kann es jeweils auch kaum erwarten, ihn zu sehen. Fährt ihr Auto vor, springt sie hinaus und besucht als erste mich und Donald. Dieses Jahr hat er noch ihre Cousine Verena kennengelernt. Das gibt immer ein Gaudi, wenn sie ihm guten Tag sagen kommen. Zuerst gibt's Küsschen und Kraulen, sie tollen miteinander herum und ziehen dann los, die Eltern zu begrüssen. Auch hier wird er mit Hallo empfangen. Frech lümmelt er in ihrem Haus herum, kontrolliert alles genau und findet auch immer etwas, das er stibitzen kann. Weil alle den liebenswerten Dackel gut leiden können, darf er sich das erlauben. Wenn er Glück hat, essen die lieben Nachbarn Frühstück, und er ergattert sich ein Stück Käse oder gar Wurst. Zu Hause ist er wählerisch, aber auswärts schmeckt's halt besser.

Nach einem lustigen Spektakel mit einer Plastikflasche wird's ihm heiss. Gerne kehrt er in mein kühles Haus zurück, und seine Zuschauer gehen baden. Ich habe die Kühlanlage eingeschaltet, die Fenster und Türen geschlossen, damit die Hitze draussen bleibt. Müde und faul legt er sich hin und ist lange Zeit für nichts zu haben.

Gegen Abend sollte der Faulpelz mal hinaus. Wir schlendern zum Briefkasten in der Hoffnung, etwas vorzufinden. Leider werden wir enttäuscht.

Donald trollt säumig einher, schleicht dem Schatten nach, und alle paar Meter sitzt er ab. Er ist noch zu faul, das Bein zu heben. Träge steht er da und lässt einfach laufen. Beide sind wir froh, wieder im Haus zu sein. Erst als die Sonne mit einem purpurroten Untergang verschwunden ist, wird es langsam erträglich. Nun wird auch Donald wieder aktiv. Seine Freunde kommen ihn zum Fussballspiel abholen. Das ist seine neuste Attraktion. Zwei farbige Bälle hat er schon zerrissen. Jetzt hat er einen echten, aus Leder. Fredi, der auch zu Besuch weilt, hat ihn ihm gekauft. Unser vierbeiniger Fussballer beherrscht schon eine gute Technik. In rasantem Tempo treibt er mit der Nase den

Ball voran, stoppt dann plötzlich mit dem rechten oder linken Vorderfuss, um dem Ball eine andere Richtung zu geben. Stösst das runde Leder mal an der Rabattenumrandung an und fliegt hoch, fängt er es mit einem gekonnten Köpfler ab. Je mehr Zuschauer er hat, desto wilder wird das Spiel. Macht er doch mal eine kurze Verschnaufpause, schaut er aufmerksam, ob jemand aus der Zuschauerrunde den Ball wieder ankicken würde und das Einmannspiel weitergehen könnte. Aus der ganzen Nachbarschaft kommen die Leute, lachen und feuern ihn an. Natürlich ist er immer Sieger und freut sich mächtig über Lob und Anerkennung. Günther hat ihn gefilmt, und jetzt ist der einmalige Fussballspieler auf Video zu sehen.

So sportlich tobt er sich neuerdings abends aus. Keine Spur mehr von einem Faulpelz. Jedes Ding zu seiner Zeit, denkt er.

Auch der besttrainierte Spieler wird mal müde, erst noch, wenn einer so kurze Beine hat wie mein Dackel. – Er legt sich flach auf den Bauch ins Gras und hechelt. Nun lässt es der wasserscheue Hund zu, dass ich ihn dusche. Ist der Rücken abgespritzt, stelle ich die Brause klein, kühle seinen Kopf und die heissen Ohren. Nun kommt der Bauch dran. Wohlig steht er in der Wanne, hebt ein Bein ums andere, damit ich auch da abduschen kann. Nachher wird er tüchtig frottiert und auf den

Boden gestellt. Einen Moment steht er bockstill, dann schüttelt er sich heftig und rennt wie verrückt im ganzen Haus herum. Am Schluss wälzt er sich noch auf dem Teppich. – Nun fühlt er sich frisch und wieder fit. Bis die Kinder ins Bett müssen, und das ist im Urlaub später, treibt er sich mit ihnen herum.

Letzte Woche hatte er ein ganz besonderes Erfolgserlebnis. Im Restaurant unserer Anlage spielte ein Mann Akkordeon. Ich sass mit meinen Nachbarn dort bei einem Krug Sangria. Alle sind in guter Stimmung, plaudern und hören der Musik zu. Plötzlich kam Fredi auf die Idee, Donalds Fussball zu holen. Bis anhin hatte er ruhig zu meinen Füssen gesessen, nun aber kam Leben in meinen Hund. Blitzschnell schoss er auf den Ball zu, überbot sein Können und zeigte eine einmalige Schau.

Zufällig sass ein ehemaliger Nati-Spieler da. Er schaute eine Weile zu, und bald beteiligte er sich am Spiel. Niemand hörte mehr auf die Musik. Tränen lachten die einen, andere hoben die Beine, damit Hund und Ball unbehindert unter dem Tisch zirkulieren konnten. Der Ball rollte auf der Terrasse auch schneller als auf dem Gras, und Donald wurde überhaupt nicht müde. Immer wieder wurde er angefeuert und beklatscht. Als ich merkte, dass der Musikus mangels Aufmerksamkeit mit seinem Akkordeonspiel aufgehört hatte, brach ich das Spiel ab. Stolz sass unser Star da, blickte in die Runde, liess sich bewundern und genoss den Beifall. Die Wirtin brachte eine Schüssel mit Wasser für ihn, und jemand liess einen neuen Krug Sangria auffahren. Ein Gast trat an unsern Tisch und fragte mich, wie ich das meinem Hund beigebracht habe. Cool antwortete ich:

«Überhaupt nicht, Donald ist eben ein Naturtalent!»

Heimlich war ich stolz auf ihn. Der Musiker spielte nun wieder, und einige tanzten. Als Fredi sich mit einem Fräulein drehte, wurde Donald eifersüchtig. Er drängte sich zwischen die Paare und riss immer wieder am Rock der Schönen.

Nach und nach verreisen die Urlauber, und es wird still in unserer Anlage. Der seit Jahren heisseste Sommer geht dem

Ende entgegen. Die Temperaturen sind immer noch hoch, und man sehnt sich nach einem kühlen Regen.

Schnell erledige ich meine Einkäufe am Morgen. Im Einkaufscenter ist es dank der Klimaanlage kühl, aber um so krasser empfindet man beim Hinaustreten die Hitze.

Obschon ich Donald abrate mitzukommen, setzt er doch seinen Dackelkopf durch. Sobald er sieht, dass ich mich umziehe, setzt er sich dorthin, wo die Leine hängt, und schaut mich eindringlich an und zwingt mich so, ihn mitzunehmen. Natürlich suche ich einen schattigen Parkplatz und lasse die Fenster handbreit offen, dennoch ist es brütend heiss im Auto. Als ich zum Wagen komme, liegt er hechelnd am Boden. Sofort öffne ich alle Fenster und lasse ihn hinausschauen. Lustvoll lässt er sich den Fahrtwind um die Ohren blasen.

Ich schätze die Ruhe nach dem Urlaubsgetümmel. Meinem Vierbeiner aber ist es jetzt langweilig. Unlustig schleicht er im Haus umher. Jetzt stösst er auf seinen Spielzeugkorb. Er wühlt darin und kontrolliert, ob noch alles vorhanden ist. Zuerst packt er den Tennisball, bringt ihn mir und fordert mich zum Spiel auf. Unzählige Male muss ich den fortwerfen, und er apportiert ihn. Jetzt ist das gelbe Gummistiefelchen an der Reihe. Fest hält er es zwischen den Zähnen, und ich soll es ihm entreissen. Ich spiele nun Theater, indem ich rufe:

«Das ist ja das goldene Schühlein, das Aschenputtel auf dem Ball verloren hat. Schnell, gib es mir, ich muss es ihm bringen!» Je mehr ich ziehe, desto stärker hält er es und knurrt dabei.

Solche und viele andere Szenen spielen wir zusammen.

Liebeskummer

Edith und ich besuchen uns gegenseitig mit unseren Beschützern. Für den meinen ist ein Besuch bei ihr immer interessant. Sie hat ein Haus am Hang des Montgó. Er bemerkt sofort, dass wir dahin fahren, denn er erkennt die Gegend. Sogleich fängt er an zu «jodeln», wie ich sein Geheul nenne. Er kann es kaum erwarten, und sind wir dann dort, zittert er vor Ungeduld, bis er von der Leine ist. Zita, die mein Auto kennt, kommt freudig bellend angerannt. Ein kurzes Begrüssen und Beschnuppern erfolgt, und schon ziehen sie los. Weil auch die Nachbarn alle abgereist sind, dürfen die beiden überall herumzigeunern. Wir zwei Frauen sitzen derweil plaudernd auf der Terrasse. Nach einer Weile kommen unsere Zigeuner zurück und trinken aus derselben Schale Wasser. Nun legen sie sich im Wohnzimmer auf die Fliesen und kühlen ihre heissen Bäuchlein. Sind sie erholt, beginnt ein wildes Gerammel. Teppiche werden verrutscht, Blumentöpfe wackeln gefährlich, und Stühle fallen um.

«Hoppla, das geht ja zu wie in einem hölzernen Himmel!» meinen wir lachend dazu. Nun sitzen sie einen Moment auf der obersten Treppenstufe, wohl beratend, was sie als Nächstes anstellen wollen. Wie zwei Herrscher auf dem Thron sitzen sie da und beobachten aufmerksam die Umgebung. Plötzlich schiessen sie mit einem fürchterlichen Gebell los. Eine Katze hat ihr Territorium betreten, die gilt es zu verjagen. Nun sind wir unsere Raufbolde wieder für eine Weile los.

Kein Wunder, dass ein Besuch bei Edith und Zita für Donald so begehrenswert ist. Wenn ich dorthin fahren will, darf ich ja nicht zu früh den Namen Zita erwähnen. Kaum hört er den, verlangt mein Diktator, sofort alles fallenzulassen und abzufahren. Wenn unsere Freunde einen Gegenbesuch machen, ist es lange nicht so interessant für die Hunde. Hier dürfen sie nicht so frei herumjagen und können nur auf der Terrasse balgen. Ab und zu fahren wir am Sonntag zum Restaurant, wo Zita geboren wurde. Es steht einige Kilometer ausserhalb von Denia in einer Orangenplantage, und es ist eines der wenigen, wo Hunde hinein dürfen und frei herumstreunen können. Vater und Mutter von Zita wohnen mit mehreren Katzen hier und sorgen ihrerseits fleissig für Nachwuchs.

Ihre Kinder kommen sie öfter besuchen, deshalb hat es immer mehrere Hunde da, die sich auf der Terrasse und im nahen Gelände tummeln. Das «Chiringuito», wie Pedro sein Lokal liebevoll nennt, ist rein spanisch. Wenn die Saison vorbei ist, sind wir zwei Frauen meist die einzigen Ausländer. Aber die Kundschaft kennt uns nun; sie ist freundlich, und so manches Scherzwort fliegt hin und her. Die biertrinkenden Männer tragen ihren «Jarro», einen gläsernen Krug mit Henkel und Ausguss, von einem Tisch zum andern, wo sie am Plaudern oder Diskutieren sind. Sie haben uns auch schon Bier angeboten. Wir mussten den Mund weit öffnen, und das Bier wurde uns von oben herab eingegossen. Natürlich konnten wir nicht schnell genug schlucken, mussten husten und konnten es nicht verhindern, dass der Gerstensaft auch mal neben dem Mund hinauslief. Es gab dann ein Gelächter, Zigaretten wurden ausgetauscht, und weitere Spässe folgten.

Auch heute sind wir wieder einmal da. Wir haben eine Paella bestellt, sie ist hier besonders gut. Während wir darauf warten, sind unsere Trabanten auf Exkursion. Als nun das Essen auf dem Tisch steht, stehen sie, angelockt vom herrlichen Duft, an unserem Tisch. Mit wässrigen Augen und Mündern schauen sie zu uns auf. Wir können es nicht lassen, ihnen einige Stücklein Fleisch zu geben. Plötzlich sind sie zu dritt. Ein grosser, dicker Kater, wohl der Herrscher von Pedros Zoo, steht zwischen den beiden. Er lag bis dahin faul auf einem Stuhl und liess sich weder von andern Katzen noch von den Hunden verscheuchen. Wir wundern uns, dass die beiden Hunde seine Anwesenheit dulden. Es ist wohl, weil sie Respekt vor diesem Pascha haben. Ausserdem ist er ebensogross wie sie. Mit einer Selbstverständlichkeit thront er da. Unsere beiden Bettler müssen nun höllisch aufpassen, dass der freche Kater nicht die Häppchen wegschnappt.

Auf dem Heimweg liegen die beiden dicken Freunde auf dem Hintersitz und sind rundum zufrieden mit dem heutigen Tag.

Zita wurde operiert, aber nicht total. Sie wird noch ein wenig hitzig, kriegt aber keine Jungen mehr.

Bei unserem nächsten Besuch ist es wieder einmal soweit: Verwirrt und aufgeregt schnuppert mein Adonis an ihr. Aber seine liebe Freundin keift giftig und zeigt ihm die Zähne. Donald sieht mich fragend an, er begreift nichts mehr. Edith erzählt uns nun, dass die untreue Zita sich in einen struppigen, streunenden Köter verliebt hat. Sie entschuldigt sich für ihren Hund. Ich lache, bin aber auch ein bisschen betrübt. Mein lieber, schöner Dackel mit so guten Papieren wird versetzt. Ja, wo die Liebe hinfällt. Man darf Freundschaft nie mit Liebe verwechseln.

Weil heute kein harmonisches Zusammensein aufkommt, fahren wir bald wieder nach Hause. Gedemütigt und traurig liegt der verschmähte Liebhaber auf der Terrasse und schaut, ohne etwas wahrzunehmen, in den Garten hinaus.

Auf einmal höre ich klägliches, tiefes Jammern. Zuerst glaube ich, ein Mann liege draussen und stöhne in tiefen Schmerzen. Wie ich dazukomme, gewähre ich, dass dieses quälende Gejammer von Donald kommt. Ich versuche ihn zu trösten. Vergebens.

Zwei Tage lang hat er an seinem ersten Liebeskummer zu tragen. Er nimmt kaum Nahrung zu sich, lässt seine Spielsachen liegen und hat auch keine Freude am Spazieren. Ich versuche ihn abzulenken, erzähle ihm Geschichtchen und singe Liedchen. Sonst mag er das gerne, aber jetzt sitzt er teilnahmslos da, als ob meine Bemühungen ihn gar nicht erreichen würden. Zum Glück hat Zita beim nächsten Zusammentreffen ihr «Fieber» vorüber. Alles ist vergessen, beide tollen in alter Freundschaft herum. Weil sie nicht mehr so verführerisch riecht und ihm nicht mehr feindlich begegnet, hat Donald ihre Untreue wohl verziehen.

Herbstfreuden

Wir haben einen wunderschönen Herbst. Im September und Oktober hat es kaum geregnet. Ab und zu ein kurzer Schauer in der Nacht. Ich habe wieder Besuch in meinem Nachbarhaus: ein junges Ehepaar mit seinen beiden Kindern. Sie geniessen das angenehme Wetter und gehen sogar noch schwimmen. Aber das wichtigste ist, sie sind total in Donald vernarrt. Jeden Morgen sitzt er auf der Lauer und kann es kaum erwarten, bis sie hinauskommen und ihm guten Tag sagen. Weil es nicht mehr gar so heiss ist, sitzen wir wieder hinten hinaus. Bis zu den nächsten Häusern liegt ein zehn Meter breiter Rasenstreifen. In der Mitte befinden sich zwei Blumenrondellen und an beiden Enden je ein Pampasstrauch. Zurzeit sind sie dicht bestückt mit weissen Wedeln – ein prächtiger Anblick. Seine schmalen grünen Blätter biegen sich zum Boden hinab und verschaffen dem kleinen Hund ein günstiges Versteck. Er verkriecht sich dort und schaut spitzbübisch nach uns. Je nach Lust und Laune versteckt er seine Spielsachen da. Mit unschuldiger Miene schaut er zu, wie wir überall danach suchen. Auch Ballspiel ist wieder aktuell, hat er doch junge und willige Mitspieler, und trotzdem kann er das Schuheklauen nicht lassen. Immer wieder müssen die Kinder auf Verfolgungsjagd gehen, wenn er mit einem Schuh blitzschnell zur Tür hinausrennt. Jetzt hat er das rosarote Schwimmflügelchen der kleinen Claudia entdeckt. Es liegt aufgeblasen auf dem kleinen Tischchen zum Trocknen. Ein kurzer, gieriger Blick, ein Sprung, und schwuppdiwupp schnappt er das schöne Objekt. Die Kinder rennen mit Geschrei hinterher. Als sie es endlich erwischen, ist die Luft raus, und es bleibt nur noch ein flaches, schwabbliges Etwas in den Kinderhänden.

Grosszügig wird dieser Schelmenstreich dem Übeltäter vergeben. So sehr ist er beliebt. Wir machen auch zusammen Ausflüge ins Landesinnere. Nach Herzenslust kann er da herumzigeunern. Alles muss er erkunden. Wieselschnell flitzt er durch Büsche, durch Orangen- und Mandelplantagen und klettert sogar in ein ausgetrocknetes Flussbett. Prahlerisch posiert er auf einem grossen Stein, so als möchte er fragen:

«Was kostet die Welt?»

Ungefähr 15 Kilometer von Denia gibt es einen endlos langen Sandstrand. Er ist fest und gut begehbar. Um diese Jahreszeit ist er menschenleer, Hunde dürfen deshalb mitkommen. Als wir aus dem Auto steigen, ihn loslassen, kann er es kaum fassen, wieder einmal am Meer zu sein. Er stöbert einen vergessenen Ball auf und rennt mit ihm und den Kindern um die Wette. Die Temperatur ist angenehm, und wir bleiben fast drei Stunden hier. Am Abend ist dann der kleine Strandläufer richtig geschafft. Vor dem Einschlafen stellt er fest, wie toll es doch ist, wenn Feriengäste da sind. Manchmal weiss er gar nicht, wo er lieber ist, bei mir oder drüben. Am glücklichsten ist er, wenn

wir zusammen sind. Manchmal trinken wir zusammen Kaffee, oder der Nachbar grilliert und lädt uns ein. Dann muss er gut aufpassen, ob nicht ein Stück Fleisch aus Versehen runterfällt. Leider vergeht auch diese harmonische, schöne Zeit, und sie müssen abreisen.

Die ersten Tage horcht er nach drüben und hofft, jemanden zu sehen. Um ihn zu überzeugen, führe ich ihn im leeren Haus herum und beweise dem ungläubigen Thomas, dass sie wirklich fort sind. Nun glaubt er es, legt sich ergeben aufs Sofa, philosophiert und hofft auf neue hundefreundliche Gäste.

Aber der Sommer ist endgültig vorbei, dies beweist die «Gota fría». Vier Tage giesst es unaufhörlich, und das Wetter verbannt uns ins Haus. Ich benütze diese Gelegenheit, um die Sommerkleider zu versorgen und die Wintersachen hervorzuholen. Unsere Häuser sind hauptsächlich für den Urlaub gebaut, deshalb haben wir, die immer da wohnen, zuwenig Schränke. Ich löse das Problem, indem ich die saisonunnötigen Kleider in Koffern verpacke und diese unter die Betten schiebe.

Im Frühling oder Herbst, wenn die Auswechslung stattfindet, entdecke ich jeweils Stücke, die in Vergessenheit geraten sind. Es ist fast wie Weihnachten: Man packt ein Papier aus und findet eine Überraschung. In einem Koffer liegen Lieblingsstücke aus der Zeit, als ich noch schlank war. Ich hatte nie den Mumm, sie wegzuräumen, und hoffe jedesmal aufs neue, dass sie wieder passen. Die Koffer liegen also im hinteren Zimmer auf dem Bett, und ich bin dabei, sie auszupacken. Neugierig kommt mein vierbeiniger Mitbewohner angestoffelt und schaut interessiert zu. Es ist ihm schrecklich langweilig, und er sucht eine Abwechslung. Er schaut dem Gehabe mit Koffern und Kleidern zu und legt nun sein Dackelgesicht in Falten. Er erinnert sich, dass wir nach dem letzten Kofferpacken in die Schweiz gefahren sind. Mit Unbehagen denkt er an jene Strapazen.

Ich nehme einige Kleider zum Probieren auf den Arm und gehe ins Schlafzimmer, wo der grosse Spiegel steht.

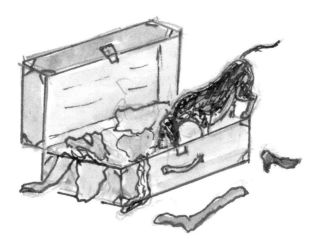

Als ich nach einer Weile verärgert, weil die letzte Diät nichts genützt hat, ins Zimmer zurückkomme, treffe ich Donald beim Kleiderausräumen. Er wollte wohl eine allfällige Reise verhindern. Barsch jage ich den Kofferwühler hinunter und stopfe nun die zu engen Klamotten endgültig in einen Plastiksack. Mit einer noch mieseren Stimmung, als das Wetter ist, setze ich mich ins Wohnzimmer und tröste mich mit einer Zigarette. Sofort hüpft Donald auf meinen Schoss und fängt an, Allotria zu treiben. Ihm ist es egal, ob sein Frauchen jung und schlank oder älter und mollig ist. Er liebt mich, wie ich bin, wichtig ist ihm nur, dass ich da bin. Er macht mir auch nie Vorwürfe, dass ich zuviel rauchen würde.

Langsam verfliegt mein Ärger, und ich beendige schnell meine Arbeit, denn der Regen hat aufgehört. Fröhlich ziehe ich die Gummistiefel an, nehme Donald an die Leine, und ab geht's zum Spazieren.

Riesige Wasserlachen liegen überall. Von den Bäumen tropfen Reste vom Regen, und weit und breit ist kein Mensch zu sehen. Zaghaft geben die Wolken den Montgó frei, das heisst, morgen wird wieder schönes Wetter sein.

Der verlorene Hund

Das Hotel in unserer Anlage sieht aus wie ein verwunschenes Schlösschen. Vor vielen Jahren hat es ein adliger Engländer erbaut. Er war Besitzer von grossen Traubenplantagen. Zu dieser Zeit wurde von diesen süssen Früchten nicht nur Wein gemacht. Den Hauptertrag ergaben Rosinen. Als dann die Weinstöcke von einer Krankheit befallen wurden und die Ernte immer kleiner wurde, verkaufte er das Gut. Lange Zeit stand das schöne Haus leer. Verlassen waren auch das Kutscherhäuschen, die Pferdestallungen und die Remisen. Nur der alte Gärtner blieb. Neben den Stallungen hatte er einen kleinen Raum, dort hauste er mit seinem Hund und pflegte weiter den schönen Garten. In der Mitte des Gebäudes ist der Patio. Ein runder Brunnen mit vier Löwenköpfen, aus denen Wasser sprudelt. Den Wänden entlang wachsen Rosen. Auf der Südseite des Hauses liegt ein schöner Garten. Seltene Bäume, wohlriechende Büsche und Blumen, lauschige Nischen mit Bänklein und auch wieder ein prächtiger Springbrunnen. Dem guten Gärtner verdankt der heutige Besitzer, dass das alles noch so gut im Stande ist. Er ist dort geblieben, obgleich er ohne Lohn arbeiten musste, aber es war sein Zuhause. Der heutige Besitzer baute das Gutshaus in ein Hotel und Restaurant um. Das war eine gute Idee. Jeden Tag von früh an bis in die Nacht ist dies nun geöffnet. Natürlich brauchen die guten Geister, die da arbeiten, auch mal Urlaub. Die beste Zeit dazu ist der November.

Weil ich noch immer kein eigenes Telefon habe, obschon es bereits seit drei Jahren beantragt ist, gehe ich am letzten Oktobertag hin, um meinen Kindern, die jeden Sonntag da anrufen, Bescheid zu sagen. Vorher mache ich mit Donald noch eine Runde durch die Anlage. Ich kann mir die Beine etwas vertreten, und Donald kann sein Geschäft verrichten. Das Restaurant ist kaum besetzt, nur zwei Männer sitzen plaudernd an einem Tisch. Während des Telefonierens fällt die Leine runter, und Donald nimmt die Gelegenheit wahr und flaniert durchs Restaurant, mit Ziel Buffet und Küche. Die Wirtin kann den kleinen Bengel gut leiden, darum kann er sich das erlauben.

Zurück vom Telefon, suche ich vergebens den Schlawiner. Er muss durch die Hintertür in den Garten hinausgeschlichen sein, denke ich, denn die vordere ist geschlossen. Ich mache mir keine grossen Sorgen, denn er treibt sich öfter dort herum und kennt sich gut aus.

Nach einem kleinen Schwatz mit der Wirtin gehe ich den Ausreisser suchen. Aber wie ich auch rufe und pfeife, nirgends taucht er auf. Er muss wohl ein Loch entdeckt haben und sich draussen herumtreiben. In unserer Anlage wird immer noch gebaut, deshalb steht hinter dem Hotel eine Baubaracke mit viel dazugehörendem Gerümpel. Sicher schnüffelt er dort herum. Keine Spur.

Vielleicht ist er beim Nachbarn mit den vielen Katzen, oder er sitzt bereits auf meiner Terrasse. Alles Fehlannahmen.

Oft kommt ein fremder Hund durch den Baranca. Das ist ein ausgetrocknetes Flussbett, das bei heftigen Regenwettern das Wasser vom Montgó zum Meer führt. Immer wenn Donald jenen Streuner sieht, ärgert er sich. Vielleicht ist er ihm nachgerannt? Ich kämpfe mich durchs Gebüsch und rufe.

Totenstille, kein Bellen und kein Rascheln. Ich frage wieder im Hotel nach, ob er sich hier zurückgemeldet hätte, weil er mich doch da vermutet.

Nur Kopfschütteln.

Nun gehe ich alle Wege, wo wir sonst spazieren. Langsam wird es dunkel. Ich beginne mir Sorgen zu machen. Er könnte doch, weil immer noch angeleint, irgendwo hängengeblieben sein. Wie muss das arme Tierchen verzweifelt sein, so ganz allein im Dunkeln. Einige Nachbarn sind aufmerksam geworden, weil ich nervös herumlaufe und immer rufe. Als sie den Grund erfahren, helfen sie mit suchen. Mit Taschenlampen durchkämmen wir alle Büsche und Sträucher. Hilde glaubt ihn bei höher gelegenen Häusern bellen zu hören. Ich setze mich ins Auto und fahre hinauf. Mit Scheinwerfern leuchte ich in alle Ecken.

Ohne Erfolg kehre ich heim, wo die lieben Nachbarn noch immer suchen und rufen.

Erneut gehe ich im Hotel nachfragen, vielleicht hat er sich dort versteckt. Irgendwo muss er doch sein. Plötzlich fällt mir auf, dass die Tür zum Patio, die sonst immer offensteht, zu ist. Ich bin sicher, dass sie beim Telefonieren offen war. Von diesem Patio gehen verschiedene Türen in Magazine, Vorratsräume für die Getränke und anderes. Das sind natürlich Eldorados für neugierige Dackel.

Ich bitte, dort nachsehen zu dürfen. Als ich die Türe öffne, wer steht am ganzen Körperchen zitternd da im Dunkel?

Mein kleiner verlorener Donald.

Alle lachen befreit auf. Die Gäste und der freiwillige Suchtrupp. Ich danke ihnen für die Hilfe und Anteilnahme. Fröhlich meint Hilde, sie wären doch auch froh, dass Donald wieder da sei, und überhaupt wäre endlich etwas Aufregendes vorgefallen.

Eingeschüchtert trippelt der verlorene Sohn neben mir heimwärts. Erst wieder in unseren vier Wänden wird er munter. Überschäumend vor Lebenslust und glücklich, dass er gefunden wurde, knurrt er in der Stube herum, wirft seine Spielsachen in die Luft und hüpft über Sofa und Sessel.

«Du bist vielleicht ein verrückter Kerl!» tadle ich froh.

Spaziergänge, Spaziergänge

Die angenehme Wintersonne verlockt auf der geschützten Terrasse zum Sitzen. Längere Zeit sollte man aber da nicht verweilen, habe ich mir sagen lassen.

Gut, gehen wir spazieren. Damit ist Donald sofort einverstanden. Aufmerksam beobachtet er mich, wie ich mich umziehe und in bequeme Schuhe schlüpfe. Sofort eilt er zur Leine, wedelt und bellt kurz, damit ich ihn ja nicht zu Hause vergesse.

«Wollen wir heut wieder einmal zum Leuchtturm hinaus?»

Noch heftiger wedelt sein Schwänzchen. Ihm ist alles recht. Am Ende der Stadt hat es auf der Meeresseite einen grossen Parkplatz. In der Saison stehen da viele Campingwagen. Ich stelle mein Auto am äussersten Ende ab und steige aus. Den vor Ungeduld zerrenden Donald lasse ich vorerst noch nicht frei. Eine Menge wilde Katzen hausen hier. Spaziergänger füttern sie, und es wäre ein angenehmes Leben für sie, wenn nicht Hunde dauernd hinter ihnen herjagen würden.

Die Mole ist ein Weg, der auf Felsblöcken, die man ins Meer versenkt hatte, angelegt wurde. Viel Volk geht da wandern. Bis zum Leuchtturm hinaus ist es eine halbe bis dreiviertel Stunde. Nun lasse ich meinen Ungeduld frei. Was es da für eine feine Hundenase alles zu riechen gibt. Unzählige Male markiert er, wo er gegangen ist, und führt seine Nase spazieren.

Ich geniesse den Blick auf das Städtchen, die vielen Villen am Hang des Montgó und auf den Berg, dessen Zinne in den blauen Himmel ragt.

Donald hält nichts von Aussicht. Schneller und immer schneller hastet er voraus. Jetzt erklettert er einen grossen Felsblock, schaut wie ein Kapitän auf seinem Schiff ins weite Meer hinaus. Fischerboote kehren von ihrem Fang zurück. Einige müssen warten, bis sie an ihrem Stammplatz anlegen können. Ein Schwarm Möwen begleitet sie. Sie wissen, dass die Fischer noch beim Aussortieren sind, und alles, was nicht verkauft werden kann, wird über Bord geworfen.

Gemächlich gehe ich weiter. Mein Begleiter rennt mal weit voraus, oder er klettert wie eine Gemse auf den Felsblöcken herum, so dass ich mich ängstigen muss, er würde in die Fluten fallen. Nun sind wir am Ende angekommen, steigen die Treppen zum Leuchtturm hinauf und blicken aufs endlose Wasser.

Herrlich ruhig ist es hier, Meer, soweit das Auge reicht. Die Stille wird nur durch das Plätschern der Wellen unterbrochen. Gewaltige, haushohe Felsblöcke umgeben den Turm. Die brechen bei Sturm die Wellen und schützen ihn so. Vier bis fünf Reihen hintereinander und immer versetzt stehen sie im Wasser. Ich frage mich, wie es möglich war, sie dahin zu plazieren. Hinausblickend in die Fluten, denke ich an meinen Mann. Still sitze ich auf einer Stufe, Donald ganz nah bei mir.

Nach geraumer Weile brechen wir auf.

Bevor wir heimgehen, flanieren wir noch am Fischerhafen und schauen zu, wie die Fischerboote perfekt anlegen. Vier bis fünf liegen längs der Ufermauer nebeneinander. Die äussersten müssen ihren ganzen Fang über die anderen tragen. In blauen Plastikharässchen, in Eis gebettet und leicht davon überdeckt, werden die verschiedensten Sorten auf Zweiradkarren in die Halle gebracht. Jeden Tag ist hier Auktion. Händler und Wirte bieten und kaufen für ihren Bedarf. Für Zuschauer ist der Zutritt verboten. Sie dürfen nur vor der Tür stehen und dem Gebrüll zuhören.

Auf der Vorderseite der Halle ist der Verkaufsstand, wo die Bevölkerung kaufen kann. Viele Leute stehen herum, aber nicht alle kaufen. Einige Fische sehen für Nichtkenner grässlich aus. Auch der penetrante Geruch bewirkt, dass viele naserümpfend weitergehen. Auch ich kaufe nichts, denn ich mag Fische erst, wenn sie fertig auf dem Teller serviert werden.

Die Fischer räumen nun ihre Boote auf, spritzen die Planken ab und ordnen die Netze. Einige plaudern eifrig von den Ereignissen ihres Arbeitstages, und gehen noch zu einem Abendtrunk. Andere begeben sich müde auf den Heimweg, es war ein langer und mühsamer Tag gewesen. Donald schnüffelt eifrig die fremden Gerüche. Nicht unbedingt sein Fall, denn er mag keine Fische. Dessenungeachtet streckt er seine Wundernase überall hinein.

Am Abend will er nichts fressen. Ich hänsle ihn:

«Hat dir der Fischgeruch den Appetit verdorben?»

Jetzt wo es Winter ist, schlafe ich am Morgen wieder länger und brauche dann noch eine Weile, bis ich ganz munter bin. Nach dem Aufstehen sitze ich erst mit einer Tasse Kaffee und einer Zigarette im Wohnzimmer und höre die neusten Nachrichten.

Donald ist bekanntlich auch ein Morgenmuffel. Erst eine Weile später kommt er aus seiner Koje gekrochen und schaut mich mit verschlafenen Äuglein an. Nun streckt er sich und gähnt, schüttelt sich tüchtig und springt dann zu mir auf den Schoss. Aber heute ist er schon vor mir auf. Als ich aus dem Badezimmer komme, steht er elend bei der Haustür über einem Häufchen Erbrochenem. Überrascht darob, lasse ich ihn auf die Terrasse hinaus und putze die Bescherung weg. Als ich nun nach ihm schauen will, sehe ich eine pechschwarze Lache am Boden. Mein erster Gedanke ist: Da hat dir jemand eine Büchse schwarze Farbe hingeworfen. Dem Geruch nach aber merke ich bald, dass es von Donald ist. Der steht derweil zitternd in einer Ecke und erbricht gelben Schaum mit Blut durchsetzt.

Jetzt bekomme ich es mit der Angst zu tun. Ich säubere ihm den Mund, packe ihn ins Auto und fahre sofort zum Tierarzt.

Ich habe gestern gelesen, dass man im Städtchen Rattengift ausgestreut hat, um der Plage Herr zu werden.

Dem Veterinär erzähle ich ängstlich, dass mein lieber kleiner Dackel wohl von diesem Gift erwischt hätte. Voll Sorge halte ich das zitternde Bündchen im Arm. Hoffentlich muss er nicht sterben! Der Tierarzt untersucht ihn und berichtet mir nun, dass es eine Infektion sei, denn von Rattengift wäre er schon tot. Er gibt dem armen Hündchen drei Spritzen und verschreibt Tabletten. Als weiteres verordnet er absolutes Fasten. Aber uns beiden ist sowieso nicht nach Essen.

Noch drei Tage muss er für eine Spritze zum Arzt gehen. Langsam erholt er sich wieder. Gott sei Dank. Ich werde aber für lange Zeit nicht mehr am Hafen spazierengehen.

Als mein Patient wieder voll auf Trab ist, kommt Edith mit Zita vorbei und lädt uns zu einem Ausflug ins Landesinnere ein. Fernab vom Tourismus geniessen wir bei einem Spanier ein köstliches Mittagessen und machen nachher mit den Hunden einen Spaziergang. Wir schlagen einen Feldweg ein, wo wir unsere Lieblinge unbesorgt laufenlassen können. Glücklich, dass alles so gut ausgegangen ist, finden wir das Leben wieder schön.

Eine Woche später fahren wir wieder zu Pedro, wo Zita geboren wurde. Nach einer herrlichen Paella, die wir mit Hilfe der Vierbeiner ratzeputz leermachen, ist dringend ein Verdauungsmarsch nötig. Nach den letzten Häusern des Ortes schlagen wir einen Weg ein, der einen Fluss entlangführt. Lichtes Erlengehölz und dichtes Gebüsch säumen seine Ufer.

Traumland für Hunde. Mal sind sie weit weg, und im nächsten Moment schlüpfen sie aus einem nahen Gebüsch.

Es wird Zeit zur Umkehr, und wir rufen unsere Streuner zurück. Zita kommt sofort, aber Donald ist nirgends zu sehen.

Jetzt hören wir einen Schuss. Ach ja, die Jagd ist eröffnet. Das bedeutet Gefahr für so einen kleinen Hund, der ohne weiteres von der Ferne mit einem Hasen verwechselt werden könnte. Beunruhigt rufen und suchen wir, aber leider ohne Erfolg. Edith geht nach vorn, und schlage mich durch die Büsche. Vielleicht ist er in den Bach gefallen und kann nun das steile Ufer nicht mehr allein erklettern.

Schon wieder ein Schuss! Ob ihn ein gewissenloser Jäger eben erschossen hat? Panikerfüllt haste ich weiter und stelle mir das Schlimmste vor. Plötzlich höre ich Edith rufen:

«Ich sehe ihn, da kommt er.»

Als ich wieder auf dem Weg stehe, sehe ich den Schlingel, der uns auf dem Heimweg entgegenkommt. Unschuldig schaut er uns an und begreift nicht, dass wir uns aufgeregt haben.

Nicht auf der Flussseite war er, sondern ins Dorf zurück hat er sich geschlichen. Die Katzen von Pedro waren der Anziehungspunkt. Kurz bevor wir weggingen, hatte er eine freche, die ihn garstig angefaucht hatte, beinahe erwischt.

Nun steht er auf der Strasse, als ob er fragen würde:

«Wo bleibt ihr so lange?»

Ach, was hat man doch für Sorgen und Ängste mit einem solchen Hund.

Sorgen um Zita

Edith ist für einen längeren Besuch in die Schweiz gefahren. Donald vermisst seine Gespielin sehr. Nichts ist los. Auch keine Feriengäste, die sich mit ihm unterhalten. Ich mache jeden Morgen einen längeren Spaziergang, dann ist er für eine Weile zufrieden. Jeden Nachmittag nach zwei Uhr fängt er an zu quengeln. Immer unruhiger wird er und fängt schliesslich gar zu heulen an. Begreift denn sein Frauchen gar nichts?

So bringt er mich zum Spazieren, wenn ich auch gar keine Lust dazu habe. Jeden Tag wechseln wir die Orte. Mal am Meer entlang, den andern Tag am Montgó, oder wir fahren ein Stück ins Hinterland. Aber allein macht es uns beiden weniger Freude. Ab und zu begleiten uns Ina und Werner mit ihrer Cora.

Endlich kündigt uns Edith ihre Rückkehr für Dienstag an. Voll Erwartung stehen wir an der Bushaltestelle, die neuerdings beim Hotel in unserer Anlage ist. Ungewohnt ist das Bild, das wir hier antreffen. Eine Menge Leute, viele Autos und auch Taxis erwarten die Ankunft des Busses. Es herrscht eine Stimmung wie auf einem Bahnhof.

«Der Bus kommt!» ruft jemand. Langsam, einem Tatzelwurm ähnlich nähert sich der Car auf dem schmalen Weg. Die Chauffeure steigen als erste aus und öffnen die Tür des Anhängers. Schnell erkennen wir Zita, die uns aus ihrer Boxe freudig entgegenbellt. Edith steigt auch schon aus und lässt Zita raus. Froh, ihrem Käfig entronnen zu sein, springt sie herum. Sie kennt sich hier aus, war sie doch schon öfter mit ihrem Frauchen und mir im Restaurant und ist mit Donald herumgesprungen.

Wir verfrachten ihr Gepäck in mein Auto und möchten abfahren. Aber unsere Hunde sind nirgends zu sehen. So beschliessen wir, auf der Terrasse einen Kaffee zu trinken. Während wir fröhlich plaudernd zusammensitzen, kommt Donald herzu.

«Wo ist denn Zita?» fragen wir. Er trollt sich davon und kommt nach einer Weile wieder allein zurück. Eigenartig, sie sind doch sonst immer zusammen. Nun gehen wir auf die Suche, aber ohne Erfolg. Ich schlage nun vor, dass ich Edith mal nach Hause bringe, sicher wird Zita sich später bei mir einfinden.

Als sich Edith gegen Abend bei mir meldet, hoffend, den Hund abholen zu können, muss ich sie enttäuschen.

Wo kann die wohl sein? Hat sie sich wohl allein auf den Heimweg gemacht, um nicht wieder in die verhasste Boxe zu müssen?

Auch Donald trippelt ungeduldig herum und schaut uns fragend an. Erneut gehen wir in verschiedenen Richtungen suchen. «Donald, such Zita!» befehlen wir. Aber wie er auch herumläuft und eine Spur sucht, er findet nichts.

Drei Tage suchen wir schon. Fragen viele Leute, hängen Plakate auf und geben eine Durchsage am regionalen Radio durch. Ich besuche das Hundeheim, wo die Herumstreunenden aufgenommen werden, aber alles ohne Erfolg. Traurig sagt sich Edith: «Ich werde wohl meinen Hund nie mehr finden.»

Am Samstag kommt wieder ein Bus vom selben Unternehmen an. Ich begebe mich dahin, vielleicht ist Zita in den Wagen geklettert, hat sich unter dem Sitz, wo Edith sass, versteckt, und ist somit zurück in die Schweiz gefahren. Es könnte doch so gewesen sein, und sie würden sie heute wieder hier ausladen.

Der Bus steht schon da. Plötzlich sehe ich drei Hunde herumspringen, einer davon ist Zita. Ich rufe ihren Namen, und sogleich kommt sie angerannt, begrüsst mich überschäumend und balgt sich nun mit Donald. Ein Mann tritt heran und fragt mich, ob das mein Hund wäre. Ich erzähle ihm alles, und er berichtet nun seinerseits eine Geschichte.

Sie sind mit dem gleichen Car wie Edith gekommen, haben, weil sie weiter weg, am Monte Pego, ein Haus haben, ein Taxi gemietet. Als sie den Fahrer bezahlt und verabschiedet haben, sehen sie einen Hund neben dem Wagen stehen.

«He, Sie haben noch Ihren Hund vergessen!» rufen sie ihm nach. Der Fahrer erklärt jedoch, keinen Hund zu haben, glaubte es wäre der ihre. Es war Zita. Sie war einfach ins Taxi eingestiegen, wohl weil es eine weisse Farbe hat wie Ediths Wagen, und hatte sich mit grösster Selbstverständlichkeit hineingesetzt. Sie hat sofort bemerkt, dass dies hier nicht ihr Zuhause ist, aber weil die Leute lieb zu ihr waren, blieb sie bei ihnen. Sie war es gewohnt, öfter woanders zu sein, denn während des Besuchs in der Schweiz waren sie an vielen verschiedenen Orten, aber ihr Frauchen kam sie immer wieder abholen. So hat sie brav jeden Tag gewartet und gehofft. Die Gastfamilie hätte sie gerne behalten, aber dachte sich, dass sie sicher vermisst wird.

So kam sie in der Hoffnung, die Besitzer anzutreffen, zu der Bushaltestelle.

Ich nehme Zita auf den Arm, damit sie nicht wieder solche Dummheiten machen kann, bedanke mich vorläufig und bringe die verlorene Hündin auf dem schnellsten Weg zu ihrer Eigentümerin.

Wie haben sich beide gefreut! Auch Donald ist glücklich, endlich wieder Gesellschaft zu haben. Gemeinsam gehen sie auskundschaften, was es Neues zu beriechen gibt und was für Katzen sich während ihrer Abwesenheit auf ihrem Terrain eingenistet haben.

Wir machen für den nächsten Tag einen Ausflug ab. Wir werden an einen Ort gehen, wo sich unsere Lieblinge gefahrlos austoben können. Erleichtert und froh schlafen alle heute abend ein.

Ein turbulenter Tag

Der Frühling stellt sich dieses Jahr nur zögernd ein. In den nördlichen Regionen hat es erneut geschneit. Wir haben wohl Sonnenschein, aber ein kalter Wind bläst, und man muss zum Spazieren eine warme Jacke anziehen. Aber sicher wird es bald wärmer. Am kommenden Wochenende ist Palmsonntag.

In unserer Nachbarschaft sind schon einige für den Osterurlaub eingetroffen. Auch Britta hat sich mit ihren Eltern angemeldet. Sie kommen nur kurze Zeit und fliegen deshalb. Ich habe ihnen versprochen, sie in Alicante abzuholen.

Die Haare von Donald sind lang und struppig und müssen getrimmt werden. Leider ist im Hundesalon nur noch der Samstag frei, so kommt alles zusammen.

Wir machen uns darum schon früh für einen ausgiebigen Morgenspaziergang auf. Mein Langschläfer schaut mich verwundert an, gerne wäre er noch ein bisschen in seinem Körbchen geblieben. Ich erzähle ihm, dass heute Britta käme. Er hat das aber falsch verstanden, denn für ihn tönt Britta gleich wie Zita.

Als wir nun ins Auto steigen, ist er fröhlich und aufgekratzt, weil er glaubt, wir fahren zu Zita.

Bald aber bemerkt er, dass wir nicht den Berg hinauffahren, wo sie zu Hause ist. Als wir nun den Hundesalon betreten, gerät er in Panik. Er erkennt den Laden sofort wieder, wo er schon zweimal unangenehme Prozeduren erdulden musste.

Sofort macht er einen Rückzug, schlüpft aus dem Halsband und will zur Tür hinaus. Zum Glück ist diese abgeschlossen, sonst hätte er das Weite gesucht. Widerwillig und zappelnd lässt er sich von Miguel auf den Arm nehmen. Der spricht ruhig auf ihn ein und verschwindet im Nebenraum.

Mit wehem Herzen lasse ich meinen Schützling zurück. Ich weiss, er wird nun gründlich mit einem desinfizierenden Mittel gebadet und nachher getrimmt.

Ich mache derweil meine Einkäufe und suche zum Schluss ein Spielwarengeschäft auf, wo ich für den armen, gepeinigten Donald einen schönen Ball erstehe.

Als ich zurück im Hundesalon bin, ist er schon fertig und begrüsst mich freudig. Schön sieht er aus. Am Körper sind die Haare gleichmässig kurz, aber das Schnäuzchen und die Augenbrauen wurden stehengelassen, nur etwas gestutzt und ausegalisiert. Auch riecht er gut, und das ganze Hündchen glänzt vor Sauberkeit.

Er kann es kaum erwarten, nach draussen zu gehen. Im Auto zeige ich ihm den neuen Ball.

«Da, eine Belohnung für deine Qualen!»

Hei, wie freut er sich. Er stupst seinen Schatz auf dem hinteren Sitz herum und jault vor Freude. Zu Hause kann er nicht schnell genug hinaus, um den Ball auszuprobieren. Vergessen sind die Leiden von vorher.

Ich richte uns etwas zu essen, und wir machen noch einen kleinen Spaziergang in der Anlage vor der Abfahrt zum Flughafen. Als wir beim Hotel vorbeikommen, stehen viele Autos und eine Menge Leute auf der Strasse. Donald der Neugierige bleibt stockstill stehen, er muss wissen, was da los ist. Jetzt fährt wieder ein Auto vor. Alle jubeln und rufen. Ein Brautpaar steigt aus und schreitet feierlich zur Terrasse des Hotels, wo eine schön gedeckte Tafel mit vielen Blumen auf es wartet. Ein Mann auf der Hammondorgel spielt den «Hochzeitsmarsch». Sehr feierlich ist das, eine Menge Zaungäste sehen zu. Donald kommt aus dem Staunen nicht heraus.

Plötzlich zerbricht die feierliche Zeremonie ein ohrenbetäubender Knall, dem noch eine ganze Kaskade folgt.

Mein Held, der Spross einer grossartigen Jagdhundfamilie, fährt vor Schreck zusammen und drängt sich ängstlich zwischen meine Füsse. Am ganzen Körper zittert er.

Ich nehme ihn auf meine Arme und erinnere ihn, dass in Spanien eine Knallerei zu jedem Fest gehört, seinen es die Fallas im Frühling, verschiedene weltliche und christliche Feste, Geburtstage oder Hochzeiten. Wir gehen nun zum Auto, denn langsam wird es Zeit, dass wir abfahren. Er kuschelt sich noch immer zitternd in die Polster, denn das Auto ist sein zweites Zuhause, und beruhigt sich langsam.

Nach einer Stunde hebt er verwundert den Kopf. Er ist es gar nicht gewohnt, dass wir so lange fahren. Ein Sprung auf seinen Lieblingsplatz, die Hutablage, wo er nach vorne, zur Seite und nach hinten sehen kann. Er blickt in eine fremde Gegend. Keine Bäume und kein Grün. Eine Mondlandschaft. Rote, vertrocknete Erde, Sand und Stein. Jetzt fahren wir in einen Tunnel, die Umfahrung von Alicante, wo es dunkel und muffig ist. Ganz weit öffnet er die Augen und ist verwirrt.

Was muss er heute wohl noch alles erleben?

Am Flugplatz ist immenser Verkehr. Am äussersten Zipfel des Parkplatzes ergattere ich noch ein Feld.

Nun beginnt ein Zickzacklauf zwischen Autos, Bussen und unzähligen Menschenbeinen. Armer kleiner Hund!

Endlich erreichen wir den Ausgang, wo alle gelandeten Fluggäste durchmüssen. Unsere Freunde sind schon da, und wir begrüssen uns freudig. In dem Moment springt auch Donald an ihnen hoch und stellt unsere Begrüssung in den Schatten. Er hat sie sofort wiedererkannt und verhält sich ganz verrückt vor Freude.

Auf der Heimfahrt darf er hinten zwischen Ilse und Britta sitzen. Abwechselnd verteilt er Liebkosungen und legt schliesslich seinen Kopf selig auf ihren Schoss.

Gegen Abend, als sie etabliert sind, gibt es auf meiner Terrasse den Begrüssungstrunk.

Donald führt stolz seinen neuen Ball vor und zeigt, dass er über den Winter das Fussballspiel nicht verlernt hat.

Zwischendurch kommt er an unseren Tisch, oder er trinkt zur Stärkung einen Schluck Wasser. Zufrieden schaut er in die Runde und ist glücklich, seine Lieben vereint zu sehen. Todmüde liegt er später in seinem Körbchen.

War das ein turbulenter Tag heute, aber nun ist alles gut. Er ahnt, dass bald der Sommer kommt und mit ihm viele liebe Besucher.

Vor dem Schlafen kommt er noch auf meinen Schoss, schmiegt sich eng an mich und schaut mich mit seinen treuen Augen an. Er will mir versichern, dass er mich trotz allen anderen am liebsten hat und mir treu sein wird, solange er lebt.

Grosses Hundeehrenwort!

Für mich ist er ein Sonnenschein, in guten und in schlechten Tagen.

Der freche Zigeunerhund

Auf unserem Morgenspaziergang kommen wir immer an einem verwahrlosten Anwesen vorbei. Es soll Zigeunern gehören, wird berichtet. Das verfallene Gebäude steht in einem ungepflegten Stück Land. Die Fensterhöhlen sind ohne Glas, zwei davon aber mit Brettern vernagelt. Von den Orangenbäumen, die auf dem Land stehen, sind die meisten dürr und verkrüppelt. Nur ganz tapfere tragen jeweils noch Früchte. Vor dem Haus ranken sich an einer morschen Pergola Glyzinien. Jeden Frühling blühen sie, dass es eine wahre Pracht ist. Unzählige Trauben mit blauen Blüten lenken des Spaziergängers Aufmerksamkeit schon von weitem auf sich. Leider sind sie zu schnell verblüht, und die ganze Unordnung verschandelt das Areal und entsetzt die Vorübergehenden. Da liegen Plastiksäcke, leere Flaschen, verrostete Dosen, Pappschachteln, Lumpen und jede Menge Papier herum. Eine geliebte Gelegenheit für den Wind, mit dem Plunder sein neckisches Spiel zu treiben. Ab und zu hängen Wäschestücke zum Trocknen an den dürren Ästen der Bäume und lassen vermuten, dass da Menschen wohnen. Blicken lassen sie sich nie, aber dafür eine Schar von Hunden; vier grosse magere Hündinnen und zweimal im Jahr Nachkommen. Der Herrscher und zugleich der Vater dieser Meute ist ein kleiner frecher Rauhbauz. Sein Fell ist braun, mit schwarzen Haaren durchsetzt. Er hat einen Stummelschwanz, das pfiffige Gesicht eines Fuchses und ist nicht viel grösser als mein Dackel. Seine «Frauen» hält er unter strenger Kontrolle, und sie gehorchen ihm willig. Wenn junge Hündchen in dem Gerümpel herumtollen, schauen Urlauber gerne zu, und aus Mitleid bringen sie den ausgemergelten Müttern Essensreste mit. Es ist auch schon vorgekommen, dass jemand ein Junges mit nach Hause nahm. Wo die anderen jeweils bleiben, weiss man nicht. Plötzlich sind sie verschwunden, dann werden die Fresspakete seltener, aber der Hunger ist weiter vorhanden. Der «Boss» geht deshalb mit seinen «Damen» beim Morgengrauen oder bei Dunkelheit auf Futtersuche. Im nahen Umkreis stehen Container; sind diese voll, werden die Abfallsäcke danebengestellt. Eifrig untersuchen die hungrigen Hunde diese nach Essbarem. Natürlich sieht das nachher verheerend aus, und wenn Anwohner vorbeikommen, verjagen sie die Tiere. Die grossen verschwinden auch sofort, der kleine aber steht furchtlos da. Er stemmt seine kurzen Beine auf den Boden, knurrt und zeigt die Zähne. Er hat auch schon in Hosenbeine gebissen. Ebenfalls zu anderen Hunden ist er garstig und bellt sie böse an. Ängstliche Frühaufsteher oder Spätheimkommer achten darauf, dass sie immer einen Stock dabeihaben.

Oh, wie mein Donald diesen Kerl hasst. Wenn wir ihn auf dem Beutezug antreffen, muss ich meinen Vierbeiner anleinen, sonst gäbe es einen bösen Kampf. Sobald er den Streuner sieht, bellt er sich heiser, zerrt an der Leine, dass ihm fast die Luft wegbleibt. Sein Kontrahent bleibt ihm nichts schuldig und sträubt angriffslustig die Haare. Erst wenn ich mich bücke, um nach einem Stein zu suchen, tritt er brummend den Rückweg an, nicht ohne noch einige Male giftig zurückzuschauen. Nun fühlt sich Donald als Held. Er hebt sein Bein und markiert
die Stelle, wo der andere stand. Knurrend scharrt er Erde und Kies zu einer Wolke auf und ist stolz auf sein Erfolgserlebnis.

In letzter Zeit aber hat sich was verändert. Die grossen Hunde sieht man nicht mehr, der kleine treibt sich allein herum.

Meistens sitzt er am Morgen vor der Gartentür des «Galicia»-Restaurants. Dieses Lokal ist bekannt für gutes Fleisch. Jeden Abend wird dort schnabuliert, und auf den Tellern bleiben Fleischreste, Sehnen und Knochen zurück. Der Wirt gibt dann am Morgen dem hungrigen Bettler davon. Deshalb sitzt dieser so «treu» vor der Tür.

Ich kann feststellen, dass neuerdings Waffenstillstand zwischen den beiden Streitern herrscht. Vor Tagen hat Donald noch ärgerlich gebellt, wenn er den anderen dort sitzen sah. Der aber gab keinen Laut von sich. Wir müssen auf dem schmalen Gehweg ganz nah an ihm vorbei, dann stand er höflich auf, trottete auf die Strasse und setzte sich dort auf den weissen Mittelstreifen. In stoischer Ruhe liess er die Autos rechts und links vorbeiflitzen. Erst wenn wir weit genug weg waren, setzte er sich wieder an seinen Platz. Seit kurzem bellte Donald nicht mehr, so blieb der andere sitzen. Als wir eine Handbreit an ihm vorbeikamen, stand er auf und liess uns vorbeigehen.

«Hallo, was ist eigentlich los, vertragt ihr euch plötzlich?» fragte ich. Am andern Morgen stand er nicht einmal auf. Donald tat so, als wäre gar kein Hund da, jener schaute teilnahmslos vor sich hin. Mit dem ehemaligen Rauhbauz muss was nicht stimmen, das fühlt Donald auch. Ob er traurig ist, dass man seine Sippe entfernt hat, vielleicht ist er auch krank oder einfach alt und des Kämpfens müde? Sein Fell ist stumpf, die Augen trübe und ohne Leben. Ich hatte richtig Mitleid mit ihm. Er war doch ein tapferer Kerl, hat für seine «Familie» gekämpft und war für sie da. Am liebsten hätte ich ihn mit nach Hause genommen. Ob Donald das akzeptieren würde?

Seit zwei Tagen sitzt er nicht mehr dort. Nirgends ist er zu sehen. Wo mag er wohl sein?

Tiersegnung

Mit schweizerischer Pünktlichkeit stehe ich auf dem Bahnhofareal, Pater Antonio würde heute die Tiere segnen. Die Bendición de Animales, so las ich in der Zeitung. Weit und breit sind keine Tiere und kaum Menschen zu sehen, nur drei Polizisten und zwei Helfer vom Roten Kreuz stehen da und lassen ahnen, dass da was stattfinden wird. Ich spaziere noch eine Weile mit meinem Dackel herum und lasse ihn «Zeitung lesen», so nenne ich sein intensives Herumschnuppern. Mehrere Male hinterlässt auch er seine Visitenkarte. Nach und nach treffen nun doch Leute mit ihren Vierbeinern ein. Nach kurzer Zeit werden's immer mehr. Bald ist eine bunte Palette von Tieren beisammen. Grosse und kleine Hunde, reinrassige und lustige Mischlinge. Dort steht ein Silberpudel mit teurem Mäntelchen, nicht weit daneben wird ein weisser Terrier mit einer rotgetupften Schirmmütze von der Sonne geschützt, ein anderes Kerlchen hat ein buntes Tüchlein um den Hals. Ein kleines Mädchen trägt behutsam seinen goldgelben Kanarienvogel, ein Junge hat seinen Hamster dabei, und in verschiedenen Körbchen ducken sich Katzen. Ein Prachtexemplar klammert sich aus Angst vor den vielen Hunden an seine Besitzerin. Von links rollt ein Bauernwagen, mit einem zottigen Pferdchen bespannt, an, gefolgt von Kutschen. Von der anderen Seite tänzeln edle Andalusier herbei. Alle warten mehr oder weniger ruhig.
Endlich tut sich was. Bei den Telefonica-Kabinen steht ein Polizeiauto. Per Lautsprecher wird ausgerufen, dass diesem zuerst die Hunde, dann die Wagen und die Reiter folgen sollen. Ein ungewohnter Anblick ist diese Prozession. Wir laufen durch die Stadt zur Kirche. Die Leute am Strassenrand winken uns fröhlich zu, da und dort wird eine Kamera gezückt.
Bei der Kirche auf dem grossen Platz steht ein Podium. Dort sieht man Pater Antonio, einen Helfer mit dem Weihwasser, einen Sprecher und die Präsidentin des Tierschutzvereins,

die auch übersetzt. Der Pater begrüsst alle und spricht kurz zu uns. Nun geht's im Gänsemarsch an ihm vorbei. Die kleineren Hunde werden auf den Armen getragen. Mit liebevollem Lächeln segnet er jedes Tier mit Weihwasser.

Ich bin nicht katholisch und auch nicht besonders fromm, aber es hat mich doch seltsam berührt. Wir gehen weiter, denn hinter uns warten noch viele Tiere. An der Ecke wartet meine Freundin, und wir gehen zum Bahnhof zurück, verfrachten meinen kleinen Hund im Auto, damit er sich ausruhen kann. Auch wir sind müde und haben Lust auf einen Kaffee.

Ausgeruht und gestärkt fahren wir weiter zum Gelände des Tierschutzvereins Para Pere, zum gemütlichen Teil. Knapp finden wir noch einen Parkplatz. Viele Tische und Stühle sind aufgestellt, und eine Menge Zwei- und Vierbeiner sind schon da. Auf einem Grill brutzeln Bratwürste, daneben stehen zwei grosse Pfannen mit Risotto an der Wärme. Rolands Musik und Gesang verbreiten eine fröhliche Stimmung.

Am Tisch, wo wir zwei Plätze finden, sitzen ein deutsches und ein ungarisches Ehepaar. Wir haben uns noch nie gesehen, unterhalten uns aber bestens. Das Hauptthema sind ja unsere Lieblinge. Hinter uns sitzen Engländer, weiter vorne Holländer. Ich sehe jede Menge Spanier, Deutsche und Schweizer. Auch Pater Antonio hat seinen schwarzen Rock mit einem Pullover getauscht und sitzt unter uns. Bei Speis, Trank und Musik lassen sich's alle wohl sein. Man hat das Gefühl, eine Familie zu sein, eine friedliche, europäische Familie. Das gute Beispiel bieten die Hunde. Die meisten laufen frei herum, aber nirgends gibt's Streit, Händel oder Gekeife. Die einen spielen miteinander, andere kundschaften das grosse Gelände aus. Ganz vorwitzige streifen um den Grill herum und schnuppern mit erhobener Schnauze den herrlichen Wurstgeruch.

Am stahlblauen Himmel scheint die Sonne und lächelt zufrieden auf diese kleine «heile Welt».

In einem kleinen Zwinger stehen Welpen am Gitter und werben in drolliger Naivität um ein Zuhause. Ob sich wohl jemand becircen lässt? Auf alle Fälle stehen immer viele Leute da. Der einzige Schatten an dem schönen Nachmittag sind die grossen Hunde vom Heim. Sie sitzen in den Zwingern und schauen mit traurigen Augen den draussen herumtollenden Artgenosssen zu. Vielleicht sind sie im nächsten Jahr mit ihrem neuen Herrchen oder Frauchen auch auf der anderen Seite!